# 和尚

陈继明 著

重庆出版集团 重庆出版社

## 图书在版编目（CIP）数据

和尚 / 陈继明著. —重庆：重庆出版社，2013.6
（世相书）
ISBN 978-7-229-06673-4

Ⅰ．①和… Ⅱ．①陈… Ⅲ．①中篇小说—中国—当代
Ⅳ．①I247.5

中国版本图书馆CIP数据核字(2013)第127474号

## 和尚
HESHANG

陈继明　著

出 版 人：罗小卫
策　　划：华章同人
出版监制：陈建军
主　　编：施战军
责任编辑：张好好　黄卫平
特约编辑：袁　强
责任印制：杨　宁
营销编辑：高　帆　刘　菲
插　　画：刘明杰
封面设计：主语设计
版式设计：颜森设计

重庆出版集团
重庆出版社 出版
（重庆长江二路205号）
北京联兴盛业印刷股份有限公司　印刷
重庆出版集团图书发行公司　发行
邮购电话：010-85869375/76/77转810
投稿邮箱：bjhztr@vip.163.com
重庆出版社天猫旗舰店
cqcbs.tmall.com
全国新华书店经销

开本：850mm×1168mm　1/32　印张：5.5　字数：64千
2013年8月第1版　2013年8月第1次印刷
定价：29.80元

如有印装质量问题，请致电023-68706683

**版权所有，侵权必究**

## "世相书"之"相"

"世相",大致是指世间的形态。

"世相书",是一个小说书系,是对世间形态的文学书写。

它的功能首先不在于为世界下定义、为生活立规则,更不在于浅薄地给世道说情、直接地给百姓评理,而是将繁复的世间万象以小说的多样视角写给世间的人们。

也就是说,"世相书"的意趣,不是以站在高处感化、规训众生为第一目的的"教育的美学",也不是一味向内、惟精神而傲慢、视自我为世界的"表现的美学"。更不是生活场景照相式的简单摹仿的"再现的美学"。"世相书"所秉持的是立于世间的"呈现的美学"——它观照的是世上无限生动的"形"和充分流动的"态"、最丰富的表相和最细微的心声,并将它们以特有的文学手段有机地呈现在一篇篇小说作品里。如今,它们汇聚在"世相书"里,万千世相,有书为存。

每个人对世相的掌握都是以自身为圆点的,从这个圆点出发的半径也是有限的,几何的圆点就如人生的原点、感情的缘点,生发出去的一定与己相关:要寻绎与心思相合的认识,但又一定超出自身现有的体验。

延伸世相体验的半径,让更多无法亲眼得见的世相呈现于视野和心海,读"世相书"也许是最好的补偿性选择。

"世相书"尊重读者,给智者留下巨大的想象和思索空间。在人物、对话、情节、结构和故事等小说要素所组成的一个个世相片段里,我们可能一拍即合,也可能逐渐认同,还可能揣摩出无尽的言外之意,甚或不断提出异议和发现荒谬。

如果说"世相书"在"呈现的美学"之下,还是存在着价值指向的话，那么，它只能是这样的提示：对习焉不察的及身生活保持敏感体察，对浑然不觉的世间情境有所关切警觉。

世相无极。"世相书"的字句、书页之下，隐约伏藏了秩序和规律。我们尽可以从中观察、勘探、分析、判断世态人心、人情世故，找到生活肌理与人间伦理的潜隐状态。有心人仍可觉察出它们整体的省视所向。炼得慧眼者，自会为人寰观其世道；深谙文心者，自会为尘间把其脉相。

施战军

（著名评论家、《人民文学》主编）
二〇一三年元旦

# 1

夕阳西下,可乘正要结束一天的值殿,看见一群鸽子从窗外嗡嗡掠过,飞往了通州方向,顺着看过去,青砖灰瓦上方的云霄颇有几分苍老,可乘想,自己来北京当和尚已经满五年了,北京的晚霞也不知不觉长了年纪。

此时一位长发披肩的美女进来了,那美,曳天遮地,像是刚从彩云上滑下来的,轻盈地流进观音殿。美女进门后,看了一眼可乘,就跪在拜垫上磕头。可乘匆忙拾起木槌击打磬,一声、两声、三声,有跟随也有引领。

"师父,能问您个问题吗?"磕完头,美女问。可乘语气平常地答:"您尽管问。"美女脸红了一下才说:"我……不小心怀孕了,做掉可以吗?"可乘随口就答:"堕胎是杀生啊,断断不可以！"美女说："可是，我都不知道孩子的爸爸是谁……"可乘用略显严肃的声调问："那是……为什么呢？"美女的眼神在一瞬间里寂静下来，盯住可乘，坦白道："不瞒您说，我在发廊工作，有时也……出出台！"可乘心里一紧，怜从中来，连声说："阿弥陀佛，阿弥陀佛。"美女进而用有些露骨的妖媚声调说："师父，我是从通州专门打车过来的，您就好好给我说说嘛！"可乘心里恍惚，嘴上却一味硬："堕胎是杀生，这毫无疑问，《童子经》上说的！"美女问："刚怀上两三个月，也算杀生吗？"可乘瞟了美女一眼，很想改口，却坚持说："不是算杀生，肯定是啊，是杀生！"

　　当晚，可乘在寮房里写日记：

　　　　今日值殿，天黑前，一女香客进来，自称发廊女，怀胎二三月，不知谁是父亲，问我可否堕胎，我说：不可，堕胎乃杀生耳。刚才仔细查了《佛说

和尚

长寿灭罪护诸童子陀罗尼经》,此经的确讲堕胎要入无间地狱,但所谓胎者,指满八个月的人形具足的胎儿,并不包括受孕早期的胎儿。就算的确是杀生,一个没有父亲的孩子将来活在世上,不知有多难呀,一个未婚妈妈恐怕就更难了!听口音,她一定是甘肃人,甚至就是天水人。不知她听出我口音了没有?害人害人!

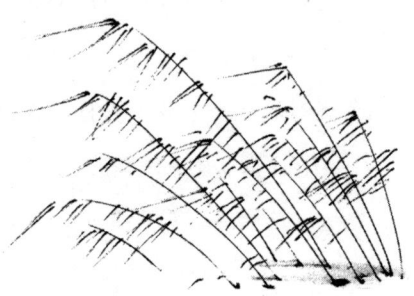

# 2

　　第二天,可乘原本还是值殿,早课之后智河住持叫住他,说:"杜局长来电话请你过去一趟。"智河住持把"请"这个字说得很重,别具韵味,可乘却丝毫没感觉,心里只是暗喜,立即就出发了,有羁鸟脱林的味道。

　　走在路上的可乘,已经看不出是和尚了。黑绒帽遮住了整个光头,夹克衫和灰裤子令他的瘦高个显得颇具风雅,肩上挎个长带子的黑布包,里面有刚换掉的僧服一套,有《金刚经》一册、日记一本。每次外出,可乘总要换上从甘肃老家穿来的这身衣服:夹克衫、灰裤子。是因为他觉得人们看一个和尚时的目光十分先验且顽固,好像在说:一个小伙子,不缺胳膊不缺腿的,却出家了,肯定有病!

　　这庙名叫观音寺,不算大,也不能说小,里面

# 和尚

有二十几个和尚。地点其实不在北京,在河北三河县境内,紧邻北京,和北京通州区相距不过十公里,所以可乘有理由说,尤其对老家的亲友们说:"我在北京当和尚!"

十公里路,可乘向来是徒步往返,有车也不坐的。一路上可以想想事、背背经,是一种享受。一种隐含自虐意味的享受。

此刻可乘又记起了昨天那位多半是老乡的美女,仍旧有愧,心想如果在通州的大街上碰着了,就改口说:"姑娘,我昨天的话,你可以不信的。"走了几步,又想:"不,还是应该明明白白告诉人家,《童子经》上所说的堕胎即杀生,并不包括早期怀孕,是我记错了。"随即又不客气地问自己:"到底是记错了?还是乱打妄语?"马上又换成严厉的自责:"出家人不打妄语,你这人怎么回事!"

正午之前,到了杜局长办公室楼下,可乘突然直拍脑袋,忘了给杜局长带一样东西:庙里的馒头！杜局长极爱吃，称为小菩萨馒头。小菩萨是杜局长给可乘起的外号，馒头是可乘蒸的，所以杜局长顺口称之为小菩萨馒头。可乘出家前开过饭馆，炒得一手好菜，也很会蒸馒头，如今，自然就兼了庙里的厨子。

"怎么办？"可乘拍打自己脑门。

"其实我蒸的馒头不见得好吃。"他又想。

"哼哼，八成是迷信！"他笑了笑。

他这一笑就笑出一个鬼点子来，从街上买几个馒头，偏说是从庙里带来的，顺便做一个试验，看看杜局长到底是否迷信？

杜局长办公室的外面，等着七八个人，有蹲的，有站的，也有坐在一把长条椅上的，一概是耐心超群的模样。可乘想，这些人也有低眉顺眼的时候！他自己则是长驱直入，大步轻移，穿过长长的走廊，径直推门进去。

杜局长看见门被谁贸然推开，先有些恼火，看清是可乘，马上露出笑脸，叫声"小菩萨"，示意正说话的一个人先回避一下。

可乘从包里取出刚买的五个馒头，递给杜局长，杜局长拿出一个，马上咬了一口，直夸："好吃好吃！到底是小菩萨馒头！"

可乘暗想："没错，是迷信！"

同时，可乘心里的确有一点儿难受，犹豫了一下，干脆承认："杜局长，不好意思，这几个馒头是我刚从街上买的。"杜局长腮帮子鼓鼓的，嘴里正嚼着馒头，睁大眼睛"啊"了一声，可乘说："我走得急，忘了给你带馒头了，到楼下才想起来。"杜局长咽下馒头，皱着眉头说："想不到你这个小菩萨也会骗人呀。"可乘笑着说："我也想顺便做个小试验。"杜局长用眼神发出疑问，可乘说："我想试试看，你有多迷信。"杜局长没听明白，可乘又说："看来，庙里蒸的馒头不一定比外面的好吃……"

杜局长回到座位上，从抽屉里取出一张纸条，递给可乘,说:"请你看个八字。"可乘猜,这肯定就是杜局长请自己大老远来一趟的目的,心里不禁凉凉的,盯住那组数字瞧了片刻,并没有看出什么名堂来,"怎么样?"杜局长问,可乘这才认真看,有些不爽快地大声说:"这个人已经往生了吧?"杜局长不接话,只说:"小菩萨你再看看。"可乘低头再看,心里还是腻歪歪的,沉默良久,然后抬起头,表情冰冷,把纸片还给杜局长,说:"没错,此人已经往生了,年方八岁。"杜局长问:"男孩女孩?"可乘心里知道,却不想说,终究还是说了:"女孩!"杜局长大笑,竖起大拇指连夸可乘神,可乘心里却依旧别扭,认为杜局长把自己大老远叫来,有点戏弄人的味道!

杜局长要留可乘一同吃午饭,说介绍个大人物给可乘,可乘心里不爽,面含怨怼,一意要离开,自己拉开门,快步离去。

# 3

这通州另有个去处,道场,一伙俗家居士聚集在一起参禅礼佛的地方。主人是一位令人喜爱的老大姐,大家也是用"老大姐"称呼她的。老大姐是老北京,五十多岁,丈夫病故,儿子在外企工作,她提前病退后,将一套空置的楼房设作道场,常来常往的居士有六七位,各自都以"居士"相称:张居士,五十岁,河北人,做钢材生意赚了七八百万,洗手不干了,在北京买了三套房子,专心学佛,几乎是职业居士;陈居士,女,四十岁,和老大姐关系最好,两人经常聊天聊至深夜,也是老北京,原为六环一带的农民,土地被征用后,有了一套150平方米的楼房,有了两百万存款,开着一家茶叶店,主要由丈夫经管;何居士,二十七岁,东北人,清华法律系毕业,在一家律师事务所工作；王居士，江西人，二十五岁，常把"不出家，不结婚"这话挂在嘴上，会做掐丝唐卡，用金线做唐卡，据传在整个东南亚是独门功夫，由于可乘出家后又在江西九江读过佛学院，所以两人有时会聊一些有关九江的话题，还会说一些掏心窝子的话，堪比兄弟……

道场通常会主动接受某座寺庙的指导，可乘是观音寺派过来的，是师父，但居士们一向不习惯叫他师父，而直接叫他"和尚"，他来了就说"和尚来了"，他要走则是"和尚慢走"！可乘倒是很乐意这个样子，亦师亦友，又如家人！因此，平心而论，可乘更愿意待在道场，而非庙里。道场在一所新近落成的小区里，五楼，面积有七八十平方米，两室一厅，一厨一卫，装饰简陋，没什么家具，客厅正墙上挂着一幅大大的"禅"字，窗户上贴着另一幅"禅"字，是智河住持的书法，墙拐角立着个精美的神龛，里面供着观音。卧室里只搁着一张折叠床，可乘不回观音寺时就睡在这张床上。

可乘摸出钥匙，开门进去，里面冷冷清清，没一个人。白天，居士们各有自己的事情要忙，通常是晚饭之后才过来聚聚的。

晚上，居士们陆续到齐后，先在可乘的带领下诵经一小时，然后便放着《观音咒》的音乐，开始漫无边际地聊天，可乘也说了自己近两天的经历，先说给杜局长批八字的事，再说发廊女堕胎的事，说完，连番击打脑门，说："害人害人！"大家一致劝他："别放心不下，人家不会傻到把嫖客的孩子生下来。"

可乘说："也是，也是。"

十一点过了，居士们一并离开后，可乘洗了澡，擦干身子，却没有钻被窝，而是从包里取出那身柔软的僧服，穿在身上，坐在吱吱作响的行军床上，靠着墙，闭上双眼要打坐。很多时候他的确是以打坐代替睡眠的。可乘以为自己已经不把"美女堕胎"的事放在心上了,闭上眼睛时却立即觉得忐忑不安,再三嘀咕"害人害人",更要命的是,他突然有决心一个发廊一个发廊地找,就算把通州甚至北京的发廊找一个遍,也要把美女找见。而行动甚至比决心还来得快,"是不是合适?"可乘根本不这样考虑,他已经跳下行军床,换上了夹克衫灰裤子,手抓黑绒帽,大步走向门外。

到了楼下,毕竟觉得自己一个人身单力薄,就想把王居士拉上壮壮胆,好在王居士租住的房子就在同一个小区的西北角。

王居士到底和可乘年龄相仿,又有私交,听了可乘的话,用轻浮的口吻问:"你不会爱上人家了吧?"可乘脸色一黑,说:"去你的,我只是不想害人!"王居士说:"你以为人家就那么傻,把你一个和尚的话当圣旨呀?"可乘说:"昨天她是专门打车从通州到观音寺的!不像是随便开口问问的。"王居士问:"通州有上百家发廊,你打算怎

## 和尚

么找呀？"可乘态度认真地说："一家一家找！"王居士凑过来盯着可乘，相信这个和尚一定是疯了，他倒想看看，一个和尚疯了是什么样子？说："那走吧。"

两个瘦男人进了电梯，下了楼，一前一后出了小区，直接向繁华的街面走去，见了第一家发廊，可乘就推门进去了，像一个常来常往的回头客，王居士则胆小极了，缩在后面，没多久可乘已经披一身幽光出来了，脸上没笑容，没悲伤，更没有难为情或惧怕，有的只是专注于寻找的神情，令王居士恍然觉得，可乘找的是一条狗或一只猫。可乘向王居士一挥手，就率先横穿马路，向街对面的发廊走去。

接下来，近似的场面在通州的大街上再三重复，直到深夜两点，大部分发廊关门了，可乘才收住双脚说："回吧，回吧！"

# 4

当晚二人睡在王居士这边。

次日早晨,可乘醒来时,王居士还在熟睡。可乘静静地躺着,打量着这间不足20平方米的房子,地上有各种工具,墙上挂满唐卡,各种姿态的佛陀和观世音菩萨,目光都是一致的,知性、温暖、平常,却令可乘心生惶恐。

不久,王居士也醒了,问可乘:"和尚,今天还去找吗?我奉陪到底!"可乘这才露出一点儿羞愧的表情,摇头说:"不找了不找了。"王居士坐起来,嘿嘿笑了,说:"看你昨晚上的架势,不把全北京的发廊找个遍,誓不罢休!"可乘自嘲地笑笑,说:"我这人,好冲动!"王居士说:"干脆,今天你也帮我一个忙,如何?"可乘眼睛一亮,兴致盎然的样子。他暗想,有一个理由留在道场，就不用急着回庙里了！王居士说："有个家伙拿过我不少唐卡，欠我10万元，要了几次都不给。""那好，咱们去要！"可乘翻身坐起，目光温软。王居士说："绝对不能打架噢！"可乘说："不会的。"

早饭之后二人打车赶往东四十条，一路拥堵，终于到了，却发现眼前亮堂堂的，原来的楼房已经拆光了，瓦砾成堆，狼藉不堪，王居士倒像是松了一口气，说："我前两天还来过，这儿是江南饭店，这边有个店面是专门卖福利彩票的，滚刀肉家就在江南饭店后面。"可乘问："滚刀肉？"王居士说："东北话把欠债成爷的那种人叫作滚刀肉，滚刀肉正是东北人。"可乘问："有电话吗？"王居士想打退堂鼓，心想欠款要不来不要紧，别把一个出家人的清名给毁了。可乘的眼神虽然是柔软的，却暗含固执，非要把10万元要来不可的样子。王居士心一横，就当场打了电话，对方说搬家了，

和尚

不过没搬远,就在附近,让王居士等几分钟。王居士心想,滚刀肉之所以态度好,是因为没把我当一根葱。没多久一个大汉从废墟对面走来了,果然人高马大,姿态蛮野,王居士悄声说:"就是他!"可乘眼睛眯了眯,似乎有些怯懦,但还是拽上王居士迎过去了。

双方在废墟中央相遇了。

滚刀肉粗声问:"要钱是吧?"

王居士说:"是呀,我最近打算买房子。"

滚刀肉说:"暂时还没有。"

王居士说:"总不能每次都是这个话。"

滚刀肉问:"你叫我怎么说?"

王居士无奈地摇头、叹气。

可乘说:"你不要欺负我兄弟,他是个老实人!"

滚刀肉转身盯住可乘,说:"我就欺负他,你想怎么样?"

可乘简单地说:"就看你怎么欺负了!"

滚刀肉冷笑一声,公然挑衅,呸的一声,将一口唾沫吐在王居士胸前。

"我操你妈!"王居士骂了一声。

"有种你再骂我一句?"滚刀肉逼了过来。

"我操你妈!"王居士又骂了。

滚刀肉的拳头正要挥出去,可乘出手了。

可乘一把抓住滚刀肉挥出去的手腕,同时将脚尖一挑,一根半米长的粗棍子从地上飞起来,再从三个人的头顶落下来,稳稳地落在可乘手里,对方惊魂未定,可乘却要把棍子递给对方,说:"给你,你拿着,我就是这双手!"对方看看棍子,最终没接过去,及时调整了态度,说:"哥们儿,好样的,我认输。"

于是顺利拿回了全部欠款。

王居士要把其中一半捐作功德,可乘用力摇头,王居士问:"你不是说过,智河住持经常嫌你没用吗?"可乘答:"我是故意没用的,我如果下功夫化

## 和尚

缘，不比任何人差！"王居士眼下当然深信此话，但还是迷惑不解，问："为什么？"可乘说："庙里的钱足够花的，前几天一个房地产商一次就送来了50万。听说智河住持准备换车了，他现在开的不是丰田越野吗，刚刚又看上了一款美国军用吉普，叫什么？好像叫牧羊人，60多万。"王居士说："让那些有钱人出点血是应该的，和尚们日子过好一点也没什么不对，再说，你们的单费不也可以跟着涨高一点吗？"可乘的态度其实已经明明白白写在脸上了，还是说："第一，单费肯定不会涨的！第二，连和尚都做不到以苦为师以贫为乐，这个世界还有救吗？第三，一个和尚有用没用，不该用化缘多少来衡量。"

可乘终究空手回到观音寺，没换衣服就去向智河住持报到，智河住持正专心习字，抬头给可乘点了点头，待可乘转身离去时，递过去一个白眼。可乘回到寮房，换好僧服时才想：哎呀，至少该换过衣服再去见他的！

# 5

　　农历十二月初六至十二日,老大姐带着几个居士来到观音寺,参加观音寺举行的第十一期"打佛七"活动。还带来了20万功德——张居士一个人捐了15万,其他居士凑了5万。这是老大姐、张居士、王居士等人秘密决定的,一个用心良苦的环节是,这些钱必需是现金,必需借和尚的手交给智河住持。

　　可乘死活不肯,坚持要做一个"没用的和尚",老大姐生气了,喊:"嗨,和尚,你不听话,我们这个道场立马宣布解散!"可乘妥协说:"那我就做一个有用的和尚吧!"几个居士很高兴,仿佛看到和尚修得了正果。

　　为期七天的"打佛七"由智河住持亲自主持,全寺僧人悉数出席。看上去,可乘在庙里的分量真的有所抬升,似乎没什么变化,又似乎有着显著不

# 和尚

同，王居士找了个空档，用一句北京话悄悄夸他一句："超有范儿。"

第六天下午，殿外突然传来几声婴儿的啼哭，那哭声虽然奶气十足，却满含怨气，有奋力撒野的味道。婴儿在一个驼背的老和尚怀里，他躬着腰站在门口说，这孩子是从庙门口厕所边上捡到的，襁褓里塞着一沓子钱……

朗朗诵经声自然就中止了，包括智河住持，大家一致抬头看门外。老和尚怀里的孩子突然不哭了，麻雀不再唧啾，所有嚣声自觉偃止。智河住持走出去，面带愠色，要求没眼色的老和尚把孩子领开，别干扰这边念经。

和尚、居士们巴不得轻松片刻，可乘却低着头，心跳得厉害——听见婴儿哭声的第一个瞬间他就想起了那位发廊女，几乎肯定这孩子是她的，他还肯定，襁褓里藏着一封信，讲了她之所以把孩子放在观音寺的原因!

王居士也想起了几个月前他陪可乘在通州的大街上寻找发廊女的样子,赶紧侧身看了可乘一眼,刚好看见一粒晶亮的汗珠从可乘额头上渗了出来。这已经是数九寒天,观音殿里哪怕插着两台电炉子,仍然寒气逼人……

智河住持马上回来了。

他波澜不惊地说:"好,咱们从头念起,跟我来:如是我闻,一时佛在舍卫国祇树给孤独园,与大比丘众千二百五十人俱……"

可乘一边念经,一边在心里嘀咕,襁褓里一定藏着一封信,内容言之凿凿:

八个月前,我怀胎三个月了,我不知道孩子的父亲是谁,我很想做掉,可我从小信佛,不知道做了算不算杀生?于是我来到观音寺,一个大个子和尚告诉我,堕胎即杀生,我信了,我只有

和尚

生下了这个孩子,现在,我没有别的办法……

可乘想,智河住持看了信,马上就会判定"大个子和尚"是可乘!就算庙里的和尚全是大个子!

# 6

打佛七主要就是念经，一天念尽十二炷香。第十一炷香燃尽后，可乘和另两个和尚便退出观音殿，回斋堂里准备晚饭。可乘先去寮房看那孩子，小家伙孤零零地躺在大通铺上，像一只幼鸟被遗弃在孤岛上，它自己并不知道。可乘慢慢地走向孩子，然后弯腰。可乘觉得，自己看到了八个月前的一双眼睛。那双眼睛看他的时候有一瞬间的寂静，那一瞬间因为短暂而清晰，记住了就无法忘记。他心里突然热乎乎的，有一点儿久别重逢的味道。而小家伙此刻相当安静，小拳头乱挥，神情甜美极了。

"是女孩吗？"

"不，这次是个男孩。"

"男孩也扔？"

"肯定是私生子。"

# 和尚

"襁褓里有没有塞着纸条什么的？"

"没有，有5000块钱。"

"您看有多大了？"

"刚满月吧，应该满月了。"

"满月了还舍得扔！"

"满月了才扔，下了很大决心。"

"咱们怎么办？"

"养着呗，养大当和尚。"

可乘一笑，给老和尚点点头，走向斋堂。可乘回味着孩子身上的味道，奶味、甜味，加一点儿酸味，像刚蒸熟的小馒头。以前他极少亲近孩子，很少逗别人家的孩子玩，更没想过有朝一日自己当爸爸，此刻倒奇了，竟有一种切实的冲动，想做这孩子的养父。他听见自己心里有个声音：我干脆收养了这孩子吧。"你是和尚！"很快就有一个声音提醒他。旋即又有了一个折中的想法，他想到了远在甘肃天水的父母，当年他执意出家的时候，他们哭干了眼泪,有一个原因是明摆着的,他们将断了香火。去年他们刚好退休了,到了抱孙子的年龄却没孙子可抱,那么把这个孩子交给他们吧!

第十二炷香也燃尽了,晚饭也好了,斋堂里一时挤满了人,除了本寺的和尚,更有各道场的居士,还有一些就近来随喜的人,念罢经,顺便吃一顿斋饭也属难得的事情,无非是稀饭、馒头、酸菜、咸菜什么的,大家却觉得可口极了,尝到了食物和蔬菜的本味和原味,醒世的力量甚至超过了那些古奥的经文……

人们夸赞"小菩萨馒头"时,小菩萨却不见了踪影。心急的可乘已经站在观音寺门外50米处一个IC卡电话亭旁,给远在天水的父母打电话。和尚们都是用这部电话和各自的家里保持联系的。可乘每隔一两个月才会用这部电话和父母说上几句话。几年过去了,两个老人仍然对儿子抱着恨铁不成钢的态度。

和尚

"妈妈,吃饭了没有?"

"我们正在吃呢,你呢?"

"我……刚吃过。"

"你最近身体还好吧?"

每一次通话总是这样开头的,接下来的话也是有一句没一句,磕磕撞撞,像是一种生物和另一种生物之间的艰难对话。

随即,可乘说庙里刚捡到了一个男娃,健健康康的,问父母愿不愿收养?老两口在电话那一头紧急磋商了一会儿,决定要。

可乘回庙里时,心里很不是滋味,每次通完电话,反而会更难受,是因为父母的声音让他揪心,尽管他们已经认可儿子出家做了和尚,但他们的声音从此便成了有病的声音,像是被特意烘干过,拧不出半点水分。可乘一直在寻思,自己虽然出家了,能为父母做些什么?却苦于没任何办法,现在也许是个机会。

老大姐他们一直等到可乘回来。

老大姐把可乘拉到门外,对他说:"我想收养那个孩子,你帮我问一下智河住持行不?"可乘很难为情,说:"智河住持哪会听我的话?"老大姐说:"你告诉他,我再捐10万功德!"可乘一听,心跳加速,意识到了事情的复杂性,突然明白,这孩子并不会轻易被谁抱走的。"再捐10万功德!"老大姐这话也有些狂妄,她应该知道,出手大方的居士很多的,这几年有头有脸的居士越来越多,杜局长只是其中一个,银行行长、房地产商、电视台总编、军官、歌星、影星、写字画画的,多了去了……

老大姐他们几个各带着几个馒头回通州了,可乘想起了老家的一句话,先下手为强,便毫不犹豫地敲开了智河住持的门,智河住持正趴在电脑前上网,电脑屏幕上的光影一闪一闪映在他的脑门上,他对可乘的好态度还没有消失,笑着问:"可乘,什么事?"可乘说:"那个男孩,让我爸我妈收养

和尚

了吧!"智河住持大笑,说:"想要这孩子的人已经有一个加强连了,刚才杜局长还来电话说,他妹妹很想收养这个孩子,她妹妹的女儿不久前出车祸死了,刚满八岁。"可乘的嘴一下子被堵死了,其实也容不得他说什么,智河住持再一次拍着桌子,勾着头,指着电脑屏幕说:"你来看,我一个朋友说,如果把孩子给他,他愿意供养咱们二十万。"可乘直直地站着不动,说:"咱们可千万别拿这孩子做买卖!"智河住持又拍了一下桌子,说:"胡说什么你,谁拿孩子做买卖了?"

两小时后,可乘写罢日记,正要打坐,听见有两辆车由通州方向开来,停在庙门口,接着,脚步声高高低低响过来,同时还有两男两女说话的声音,其中一个肯定是杜局长,可乘明白,杜局长和他妹妹领孩子来了。

旋即就真的听到了孩子的哭声,那哭声仍然奶声奶气,仍然孱弱,却和白天大不相同,有披肝沥胆的味道,击打着和尚们的耳膜时,几乎具有一种杀伤力,令和尚们的心,不由得往下沉,往下沉,显示出这寺庙的内里实在是空的,空无一物,也的确是荒凉的,弥漫着万种气息,却独独没有一丝是烟火气。

没过多久,智河住持在寮房外面喊:"可乘,快给杜局长取几个馒头来。"可乘假装没听见,一声不吭。智河住持再喊时,可乘大声回答:"馒头吃光了!"智河住持哪肯相信,问:"真的吗?"可乘答:"真的,今天人多。"智河住持这次有点信了,又问:"你不出来见见杜局长吗?"可乘答:"我已经睡下了!"

所有的和尚都听到了上述对话,没人敢设想自己也像可乘一样——杜局长这等人物在院里等着见面,竟敢说:"我已经睡下了!"整个观音寺只有可乘这样胆大,或者说,整个观音寺只有可乘是这

## 和尚

样一个"愣头青"！这个人一方面没眼色、没脑子；一方面又有点小地方人特有的耿脾气。另外，也还的确有些想法，而且嘴上没有把门的，比如他经常说，有些佛学经典大有可能是伪经，是假托佛陀的名义传播的，还说释迦牟尼一生说过的最重要的一句话是："我什么都没说。"甚至讲释迦牟尼不是一个教主，是一个精神导师！这些言论，令全寺的和尚常常处在思想混乱的境地里。庙里也需要思想统一的，这一点可乘估计不足。他更不明白，有些话想想可以，说就不行。

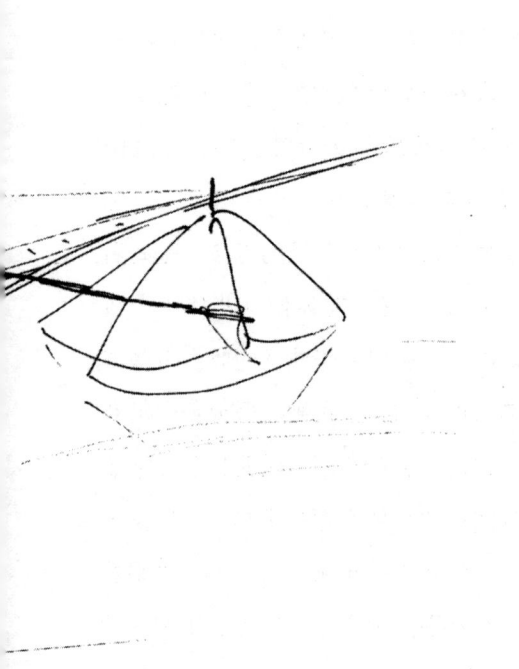

# 7

三天后,孩子的妈妈出现了。

这天刚好又是可乘在观音殿值殿,时间是上午十点,来过几个香客,接着又清净了,可乘正在擦拭桌案,听到有人在身后轻喊"师父"——像某一次梦中梦过的一幕,缓缓回头看时,却是完全陌生的画面:一个戴着口罩的女子站在门口,只见口罩上方的一双眼睛,底下有明显的青晕,是病后初愈的样子。"师父,三天前你们这儿捡了个孩子吧?"她扯下口罩,露出一张熟悉的脸,有些浮肿,像一个心事重重的蜡人。可乘支吾说:"没有啊!"女子说:"是个男孩,刚刚满月!"可乘故意用老成的语气问:"为什么把孩子扔了?"女子答:"我后悔了,我想把孩子领回去……"可乘板着面孔说:"已经被别人抱走了!"那女子突然就跪下来,哭着喊:"不,我要孩子!"

可乘心里自然动荡,却依然是公事公办的面孔。况且,看上去她根本没认出他来,或者是她从来不认为他说了骗人的话。

他说:"孩子已经不在了!"

她突然爬过来,紧紧地抱住他的双腿,扬头喊:"师父,求求你们,求求你们,快把孩子还给我,我后悔了,我真的后悔了……"

"我说了,孩子不在庙里了!"

"不在庙里在哪儿?"

他近距离地看着她,有些走神,她身上的香气太重了,他记得那是迷迭香型,他曾经的女朋友正是用的这种香型。几年过去了,这种味道突然冒出来,像炸弹一样猛烈,有力地炸醒了他的情欲,让他看清自己还是原先那个男人。她近乎痴狂地大力摇晃他,令他惊慌失措,似乎正面临"一失足成千古恨"的窘境。

这女子的哭叫声引来了智河住持和另几个和尚，他们看见，一个美女和可乘纠缠在一起，他们断定那是可乘未了的尘缘。

智河住持问："怎么回事？"

可乘拉着脸，并不作声。

智河逼近一步："问你呢，怎么回事？"

可乘说："她是那孩子的妈妈。"

智河住持问："什么？"

可乘说："她是前天那个孩子的妈妈。"

智河住持脸色难看。

这女子看到智河住持仪态不凡，肯定是大和尚，立即转过身，向他连连作揖，喊："我是孩子的妈妈，我后悔了我后悔了……"

智河住持问："怎么证明是你的孩子？"

美女说："襁褓里放了5000元。"

智河住持说："这个，人人知道！"

美女冷静下来，动了动脑筋，突然说："孩子的衣服上绣着生辰八字,我从小信佛,我知道,一个孩子不能没有生辰八字!"

可乘突然插话:"我带她去找杜局长。"

智河住持喝问:"找杜局长干什么?"

可乘答:"把人家孩子要回来!"

智河住持说:"好吧,你本事大得很,你去要!"

智河住持突然转身走了。

围观的和尚也纷纷散开了。

可乘仰着脸,一动不动地看着外面的天空,完全没有退让的意思,心里的想法坚硬无比:豁出去,没啥可怕的!似乎迟早会有一件重要的事情,逼他"豁出去",彻底搞僵和智河住持的关系,大不了卷铺盖走人!

美女吓呆了,不敢吱声。

可乘突然站起来说:"跟我走!"

美女急忙跟出去,悄悄跟在他身后。

美女喊:"师父,远不远?咱们打车去吧。"

可乘不回头,大步走向大门外。

司机看见可乘和美女出来,已经预先启动了车子。

可乘拉开后座门坐进去。

美女犹豫片刻,也跟着进了后座。

"师父,孩子到底在哪儿?"

"孩子被一个局长的妹妹收养了。"

"人家不会不给吧?"

"是呀,我愁的就是这个!"

"你可一定要帮我这个忙呀……"

美女将身子向可乘靠了靠,简单的动作,却是柔情四溢,绵里藏针,直接刺向他身体里某一个角落,令他再一次情欲大发。原来,它一直在,它还是那么年轻气盛的样子;念了那么多经,打了那么多坐,它竟然丝毫没有减少,和嗔恨心,和虚荣心,和种种的妄想痴心,共同构成了他涅槃路上的绊脚石……

"师父你是哪里人?"

# 和尚

"甘肃人。"

"甘肃哪儿的?"

"天水的。"

"天水哪儿的?"

"市上的。"

"我是渭水峪的,乡里娃。"

"小时候我们偷过渭水峪的梨。"

"我早听出你是老乡了!"

"八个月前?"

"是呀,因为你一句话我才留下孩子的。"

"不好意思!"

"我从小信佛,我可不想杀生。"

"把孩子要回来怎么办?"

"养大呗……"

"我倒建议你最好别要了。"

"不,我下决心了。"

"如果孩子去了一个好人家,比自己养着好。"

"孩子可以没爸爸,不能没妈妈。"

"孩子总会有一个妈妈的。"

"亲妈妈又没死……"

"亲与不亲,可能没那么重要。"

"不,把孩子丢掉的这三天,我才知道我也需要孩子。"

"一个未婚妈妈带个孩子,挺难的!"

"我想通了,再难也要把孩子养大成人。"

"那就好,那就好!"

……

两个老乡说了这么多话,可乘觉得轻松多了,身上的燥热不知不觉退回去了,脑筋重新变得正常了,故意想男女方面的事,感觉没先前那么要命了,于是满心欢喜,就想,情欲可能也是幻觉的一种,一个美女用她的美丽和气味激起了一个男人的幻觉,这个男人就感到春心荡漾,就有一种献出或者攫取的欲望。其实就是那么一股子邪劲儿,忍过去就好了。甚至爱和恨都是一种幻觉，未见得是什么真情实感。身边这位年轻妈妈，再过三天会怎么想还很难说，区别无非是幻觉来了，幻觉走了。

可是，如何要回孩子？

可乘心里很犯难，人家肯定不情愿归还孩子的，背后肯定涉及利益问题，就算智河住持一声不吭，杜局长的妹妹也不可能白白抱走孩子，又是一个灵灵光光的男孩，说个不好听的话，这孩子如果到了人贩子手里，就是一桩好生意。毋庸置疑，杜局长的妹妹百分之百会借机捐一笔功德的，而且，数额不小。

# 8

杜局长办公室门口永远有那么多人,一眼看出都是有钱人,满身名牌,一肚子油水,却一概是知趣又卑微的样子。可乘和美女不停顿,也不观望,直接穿行过去,又直接推门进去了。杜局长看见是可乘,故意用怄气的语气问:"小菩萨,你不是不愿见我吗?"可乘看一眼身后的美女,说:"我找你,有件事。"杜局长说:"你可从来不求我办事的。"可乘说:"是呀,这次不求不行了。"杜局长说:"说吧,我乐意为小菩萨效劳。"可乘说:"前天你妹妹领走的那个孩子……"杜局长脸色一沉,问:"怎么了?"可乘指着美女说:"这是孩子的妈妈,她想要回孩子。"杜局长马上说:"不可能,我们掏了钱的!"可乘问:"多少钱?"杜局长答:"三十万!"可乘一听,头上明显冒出几

## 和尚

粒汗珠来，事先想好如果是三五万不要紧，可以向王居士借的，这么多就不好张口了，王居士也没那么多钱。眼前一晃，美女突然跪在了杜局长面前，哭着说："我卡上有十万，是我这几年辛辛苦苦攒下的，先给你们，剩下的二十万慢慢还好不好……"可乘这时意外想起一个简捷的办法：请智河住持吐出那三十万，可乘想，智河住持如果同意，我就继续待在观音寺，要不然我只好和他彻底闹翻，然后换一座庙待着去，或者当一个云游僧四处流浪。

可乘说："杜局长，咱们把孩子先还给人家，钱的事我来搞定。"杜局长问："你？你怎么搞定？"可乘说："很简单，买卖不成仁义在，一方退货，一方退钱。"杜局长叹口气，说："好我的小菩萨，哪是买卖？是功德！我妹妹是以功德的名义捐的！"可乘一笑，说："所有的钱都在观音寺的账上，观音菩萨一分都不花的，你放心，没人怪罪你的！"杜局长连连摆手说："不能要不能要！千万不能要，要回来我这张老脸往哪儿搁？"可乘说："我去要，不让你出面。"杜局长说："那也不行，无论如何不能要！"可乘故意问："那怎么办？"杜局长回到大班台后面，可乘这才看清，他脸色有多难看。杜局长就这么侧脸久久地看着窗外，待脸色渐渐温和一些，回头说："小菩萨你们先走，我和我妹妹商量一下。"可乘问："那我们下午再来？"杜局长半含厌烦地点了头。

可乘和美女下了楼，就近找了家西北饭馆坐下，准备先吃午饭再说，美女主动点菜，要了几样素菜，还特别叮嘱服务员："记住，不要葱姜蒜，用清油！"可乘心里很温暖，说："你可以吃点肉的，刚坐完月子，应该补一补。"美女说："不要紧，我平常不怎么吃肉。"可乘问："为什么？"美女答："怕长胖！"

邻桌有两个男人要了半桌子菜，先在一杯杯地

## 和尚

喝闷酒,已经喝干了四五瓶"小二",此刻突然开始划拳,听声音是陕甘宁那一带人,拗口粗放的乡音,初听时土得掉渣,入不了耳,细听时却备感亲切,粗和土是假象,内里其实有一种难言的细腻和凄婉,酒令也是可乘和美女从小就熟知的,唯独前两句不是,美女知道,是从先前热播过的电视剧《武林外传》里学来的,有即兴表演和故意调侃的成分:

人在江湖漂呀,

谁能不挨刀呀,

一刀,两刀——

五魁首啊,

九道弯啊,

十满端啊……

# 9

下午就抱回了孩子。

杜局长和他妹妹商量妥,那三十万不要了,只要视为功德就好,并和智河住持通了电话,双方取得了谅解。可乘告别了美女,立即回了观音寺。他本来可以去道场待两天的,可是他有了一点点"虚荣心"——让智河住持和一伙和尚们敬重他。他如果留在通州,他们就会胡思乱想,认为他和美女不清不白。徒步走回观音寺的路上,他甚至被自己感动了。他相信,自己的确不是出于私利才帮美女的。他也痛苦地发现,人几乎是做不到不虚荣的,急着回观音寺其实是虚荣。再往前想,八年前,自己二十出头的时候突然出家当和尚,也有一些虚荣在其中的。出家当和尚,难说不是另一种形式的虚荣。可以肯定,人很难摆脱虚荣,观想动念里都难

和尚

免含着虚荣。锦衣华服是虚荣,百衲衣未见得不是虚荣。高调说话和沉默不语,哪一个更不虚荣?实在是难说,难说!

回到观音寺,可乘立即去见了智河住持,智河住持在藏经楼里看书,指着桌上的一沓子钱说:"这5000块钱你要还给人家。"

可乘说:"我没法和她联系。"

智河问:"没留电话?"

可乘说:"没留。"

智河问:"知道她家在哪儿吗?"

可乘说:"也不知道。"

智河又问:"她是什么人?是妓女?"

可乘说:"不是吧!"

智河扫一眼可乘,说:"如果不是,怎么好端端地把一个孩子扔了?还是个男孩!来要孩子的时候,也没人陪,孤零零的!"

可乘说:"私生子是肯定的,不一定是妓女。"

智河问:"那就是二奶?二奶生下个男孩,肯定不扔!"

可乘说:"可能是个大学生吧。"

智河问:"大学生?像吗?"

可乘说:"我看像。"

智河说:"像什么,一点儿不像嘛。"

可乘说:"管她像不像呢!"

可乘几乎是逃回寮房的,一路上心里烧烧的,难受的感觉有些超乎寻常,就像刚穿在身上的新衣服,却叫人泼上了墨汁。还毫无必要地撒了谎,明明揣着她的手机号码,却说没有。多么虚荣,多么虚假,又多么荒唐!

## 10

好几天没去过道场了,可乘挑了个不值殿的日子,向智河住持请了假,到了通州。正如他希望的,道场里安安静静,没一个人,他立即退出来去找王居士。他红着脸向王居士张口借5000元,王居士立即数了钱,二话不说给了他,甚至有些受宠若惊的味道。可乘接过钱,直接塞进黑布包里。王居士提醒他:"不数数?"可乘心里一沉,特别说:"别急着让我还啊!"王居士搋他一拳,说:"去你的!"

可乘在小区里找到了公用电话,再从包里翻出一张小纸条,看着上面的号码,一下一下拨出去,等了几秒钟,就接通了。

"是红芳吗?"

"你是哪位?"

## 和尚

"我是咱们老乡……"

"哪个老乡?"

"观音寺的……"

"听出你声音了!"

"我来通州给你还那5000块钱。"

"5000块钱?"

"你放在孩子褟裸里的那些钱。"

"那个呀,我不要了。"

"智河住持派我来的,他说一定要还给你。"

"算我捐功德了。"

"功德十块八块就够了。"

"那归你了,我还没感谢你呢!"

"不不,我要钱没用。"

"那怎么办?那就麻烦你给我送过来。"

"好的,你在哪儿?"

"我在红螺市场等你,你打个车过来。"

"好的,我马上到。"

可乘极少见地打了车，出了市区继续向东，已经是开阔的农田了，车速很快，10分钟之后就到了红螺市场，车费43元，是他一个月单费的五分之一，这算是一个不小的成就，在北京五年，终于自己掏钱大大方方打了一回车！他想，一个人不抽烟不喝酒不吃肉不坐车不生病，吃饭穿衣住房又不用自己花钱，一个月200元的单费不少呢，能剩下一大半呢。司机把车票撕下给他，他摆手不要。下了车，却久久等不住红芳。又等了几分钟，他突然想起自己换行头了，光头也遮得严严实实，红芳没见过这种样子，自然不认识，就赶紧把黑绒帽扯下来。一股有备而来的冷风，迅速漫过他光光的头顶，令他清醒。而红芳也在这个瞬间现身了。她从对面一家超市里出来，喊："哎呀，你换了这身行头，社员变成干部了，我一点儿没认出来。"可乘笑着说："不好意思！"红芳再一次上下打量着他，笑着说："你……还是把帽子戴上吧。"可乘就把帽子戴上,然后跟她向附近一个村庄走去,她边走边说:"怀了孩子后,我重新租了房子,这一带租金便宜。"

进了一家平常极了的四合院,里面宽宽大大,每一个烟筒里都在冒烟,某间房子里传出麻将声,可乘跟着红芳一直向里面走,有人迎面而来,看见陌生人,却丝毫不生好奇心,态度不和蔼也不冷漠。进了红芳的房间,闻到了一股子煤烟味,可乘觉得好亲切,想起了在老家天水第一次闻到煤烟味的情景……

"孩子呢?"

"你等等,我去抱。"

红芳出去了。

可乘大口嗅着房里的味道,首先是煤烟味,其次是迷迭香的味道,还有奶味,还有甜味酸味,还有说不清的味道,反正是观音寺里绝不会有的味道,可乘全然忘了克制,敞开嘴巴和鼻孔用力吞嗅时,显出了十足的贪痴相。可乘同时还在观察这间房子，蚊帐、蜂窝煤炉子、烧黑的铝锅、尿布、秀气的内裤、精致的乳罩……这些东西因陋就简，别扭又协调地混在一起，散发出一种十分感人的气质。

红芳回来了，抱着孩子。红芳扭过身，身子不经意地斜偎在可乘身上，让可乘看孩子，用妈妈特有的娇软语气说："让伯伯看看，好不好？"可乘错把"伯伯"听成"爸爸"了，喜忧参半，却说不清，喜多还是忧多。

可乘说："几天没见，变样了。"

红芳说："是呀，一天一个样。"

可乘心急地把5000元从包里取出来，放在桌上。

红芳说："不要不要，你自己拿着吧。"

可乘说："哪里的话！"

红芳说："你帮我那么大忙，还没感谢你呢！"

可乘说："老乡帮老乡，应该的。"

红芳说："你现在这身打扮，挺帅气的。"

可乘说:"我才不管帅不帅呢。"

红芳问:"你找个女人结婚应该不难,怎么就出家了?"

可乘说:"一言难尽。"

这时红芳怀里的孩子哭起来。

红芳摇晃着孩子,问:"宝贝饿了吧?"

红芳要给孩子喂奶,一时有些为难,可乘看出来了,就急忙说:"我先回去了。"红芳说:"别急别急,有个事要问你呢。"红芳背对着可乘坐在椅子上,扶起衣服给孩子喂奶,孩子马上不哭了,发出咕嘟咕嘟的声音。

可乘觉得这声音优雅而清冽,像初夏的麦田里缓缓流过的清水,那背过去不让他看见的东西,被这声音塑造成丰满成熟的模样,像雪崩一样向他压过来,他几乎撒腿跑开了,因为,他知道雪崩是美丽的,更是凶险的……

红芳问:"你几年没回家了?"

可乘说:"去年我回过家。"

红芳说:"我已经三年没回家了。"

可乘问:"马上过年了,今年回去吗?"

红芳说:"唉,我这个样,怎么回?"

可乘说:"回家很简单,想回就回了。"

红芳问:"这个孩子,我怎么给家里解释?"

可乘说:"是呀,这不好办。"

红芳说:"所以……我想请你……"

可乘说:"我找人帮你带几天孩子。"

红芳说:"不,我想请你……跟我回家,装成孩子的爸爸!"

可乘说:"这恐怕不行,我是和尚……"

红芳说:"今天你这一身哪像和尚?"

可乘说:"甭管像不像,的确是和尚。"

红芳说:"哎呀,就是帮个忙嘛,又没说要你娶我!"

可乘说:"帮忙也不好办。"

红芳说:"当初……可是你逼我生下孩子的。"

可乘说:"实在不好意思。"

红芳说:"不帮这个忙,我跟你没完!"

可乘突然就不作声了。

红芳有些担心,回头冲可乘一笑!

红芳问:"同意了?"

可乘说:"说老实话,这个忙,我不能帮。"

红芳没有接话。

可乘眼睛里还是红芳回头一笑的样子,心里有一种十分忧伤的感觉,可能是担心自己会心生动摇,可乘说:"我先走了!"

红芳说:"那你走吧。"

可乘就起身默默离开了。

回道场的路上,可乘说什么也不想打车了,也不愿坐公交车,还是喜欢走,一边走,一边回味红芳回头一笑的可爱样子。

"真可爱呀!"可乘感叹。

过了片刻，可乘心里轻轻荡出另一句话，像一缕微风，因势而起："这浊世里如果真有清音，这清音不是别的，是女人。"一开始，这话并没有引起可乘足够的重视，几分钟之后，他才意识到这是多可怕的一个结论！

见了老大姐他们，可乘把红芳要他帮忙的事说出来，想听听居士们的意见。居士们听了，说什么的都有，主要观点是，对方不是正经女人，最好离远点，以免陷入拔不出来，居士们指望和尚早日修成正果，悟道成佛，可不能就这样半途而废！也有人说，和尚既然摇摇摆摆，凡心不灭，不如步子迈大一点儿，直接做成夫妻得了。王居士更是揭他的老底："和尚，你自己肯定早就打算好带她回家了吧？要不然，你突然问我借5000块钱干吗？"可乘脸红了，却一味坚持说："放你们的二十四个心，我肯定不会帮那种忙的。"显然没几个人相信他的话，他只好说："不信你们等着瞧！"

和尚

　　当晚居士们没有念经,有个正当的理由乱说一通,而非念经,似乎很令大家窃喜。连《观音咒》的背景音乐也不放了。十一点,各位居士照例要准时回家的。王居士磨磨蹭蹭想留下给可乘道个歉,被老大姐不客气地赶走了,老大姐说:"你们先回,我和和尚谈谈心。"大家都走了后,老大姐直截了当地问可乘:"和尚你给老大姐说句实话,你心里到底是什么意思?"可乘想都没想就坚定不移地摇了头,老大姐愣了一下,说:"干脆这样吧,明天你把她带过来,让我看一眼,我帮你拿个主意。"可乘说:"老大姐,不劳你大驾了,这种事,我是肯定不能做的。"老大姐热情不减,说:"我想见见人,如果人不错,我倒觉得可以跟着去一趟。"可乘一笑,坚持说:"不能不能!"

　　老大姐走了,门一关,可乘发现自己有些沮丧,有些失落,甚至在暗暗埋怨老大姐:老大姐,你为什么不再强硬一点点呢?

## 11

次日是腊月二十六日，星期天，上午，可乘继续留在道场，给老大姐带来的几个朋友讲佛法。这几个人中，一个是在华工作的西班牙人，懂中文，信基督，想学一点儿佛教知识；有一个是女歌手，很漂亮，似乎在电视上看见过；有一个是派出所的所长，身着便服，能够完整地背诵《般若波罗蜜多心经》。可乘主要讲了《金刚般若波罗蜜经》，他自己觉得没讲好，有些三心二意，但大家一致称赞讲得好，那个西班牙人说："在我看来，佛教教义是全世界最好的心灵鸡汤。"几个中国人心里颇不是滋味，认为此说法轻看了佛教，可乘倒觉得这话即通俗又准确，佛法的确是心灵鸡汤，不是建立在神学基础上的宗教，佛法是智慧，是方法，没有权威，没有教条，释迦牟尼说了那么多，仍然强调：

# 和尚

"无法可说。"甚至说:"所谓佛法者,即非佛法。"就是怕大家死记硬背,成为权威和教条的奴隶……最后,大家对可乘甚为佩服,都说以后要经常来道场听他讲佛……

下午,可乘坐着那位派出所所长的警车回到了观音寺,经过观音殿的时候,看见一个女香客和一个中年和尚正在吵架,两人转眼竟厮打起来,可乘很快就听明白,中年和尚诱骗女香客点亮十根蜡烛,称作"十全灯"。女香客点完十根蜡烛才明白要收费,十盏灯200元,只好认个肚子疼,把钱掏了。"这十根蜡烛,必须给我烧完!"她提了个要求,中年和尚答:"当然当然。"但她肯定中年和尚在忽悠她,转了个身又回到殿里,果然看见对方正撅着屁股,一口气熟练地把十根蜡烛全吹灭了。女香客一把揪住中年和尚的僧衣,大声喊:"他妈的,你们这是给佛祖脸上抹黑!"

可乘把中年和尚和女香客拉开,向女香客赔了罪,看见闻声而来的智河住持一声不吭,已经悄悄离开了,便快速跟过去,在智河住持身后说:"连佛家寺院都不知自重,这个国家到底怎么办?"智河住持站住,回过身问:"国家怎么办,你管得着吗?"可乘心里的英雄气高涨,声音不高,却无所顾忌:"国家的事我可以不管,庙里的事我也不能管吗?"智河住持说:"庙里的事也轮不着你管!"

可乘说:"好吧,好吧!"

智河住持说:"不想待了,你可以走人。"

可乘说:"那我就走了!"

智河住持不回答,转身离去。

可乘也转过身,越过观音殿,进了大雄宝殿。

可乘一进门就跪在佛祖面前。

"祖师,我和这儿没缘,我要走了……"

磕了三个头之后,可乘立即回到寮房,把自己的床铺拉整齐,再把僧服和几样简单的东西塞进黑布包,头也不回地走了。

## 和尚

可乘跨出山门,决然离去,看上去气势很大,心里却虚得很,心底下还是无奈和软弱,并不知道自己此去后果如何?

路过山门外那个IC卡电话亭的时候,可乘不由得停下来,摸出IC卡,给红芳打去电话:"喂,是红芳吗?我是观音寺的和尚。"

红芳问:"你同意帮我忙了?"

可乘说:"我同意,但是,我有条件。"

红芳说:"你说吧,啥条件?"

可乘说:"第一,在你家最多待三天,时间长了,我肯定装不下去;第二,我是和尚,一要吃素,二要单独住一间房子。"

红芳说:"待三天可以,吃素也没问题,我奶奶长年吃素,你俩能吃到一起。可是单独睡一间房子?那我们还不如不回去!"

可乘问:"为什么?"

红芳说:"哪有夫妻分房睡的?"

可乘没话了。

红芳接着又说:"你别担心,我就是请你帮帮忙,没别的意思,我家的炕很大,能睡四五个人呢,到时候你靠墙,我靠窗。"

可乘说:"那好吧!"

红芳说:"谢谢你!"

## 12

北京开往兰州的列车上,卧铺车厢里,红芳、可乘、孩子,已经是让人羡慕的一家三口了。当妈妈的,虽然化了太浓的妆,仍能看出长相和身材不错。反观那位少言寡语的爸爸,应该是个成功人士,否则这位太太也不会嫁给他。事实上红芳也真的把可乘"重新包装"过一番,让他看上去像个有钱人,双排扣的西装,格子衬衣,红领带,尖皮鞋,带檐儿的黑色平顶帽……这身行头花掉了5000元的一大半,变相地感谢了可乘,令可乘看到了这个女人讲义气和豪爽的一面。红芳自己也很得意,认为他现在这个样,足够给自己撑撑面子的,还夸他是个"潮男"……

两张票,一张下铺一张中铺。可乘在底下晃了大半小时,就早早爬上床去,躺下看一本《读者文摘》。是没更名为《读者》之前的旧杂志，因为是家乡的刊物，所以很亲切，却丝毫看不进去。此刻才发现，装成红芳的丈夫，绝不是小事一桩，是一项超越自己能力的"大演出"，非得武装到牙齿不可。而自己的确更喜欢简单清净，喜欢像老鼠一样缩在一个小角落里，不然当初也不会出家当和尚的。

可乘趴在床上，写了日记：

> 我不喜欢智河住持，并不代表我不喜欢当和尚。清净是我的命根子。我害怕一切形式的麻烦，哪怕是小小的麻烦。再好的事情，比如女人，如果伴随着麻烦，我就不要。当初饭馆开不下去，就是因为麻烦太多。工商税务，天天都有应付不完的麻烦，连爱卫会的人来了，都要低三下四，陪酒赔笑。
>
> 此行刚刚开始，我已无力承受。
>
> 没问题，我必须回到观音寺。

## 和尚

我的户口还在观音寺。

我此生也只有当和尚的命！

可乘发觉，这则日记很像是预备好让红芳看到的，向她表明"誓不还俗"的决心。立即又觉得自己未免有点自作多情了，人家的想法可能很简单：只是请自己帮帮忙、骗骗家里人而已。更可怕的是自己口气里含着哀求——"我此生也只有当和尚的命！"感叹号其实是打给自己的，无形中好像是在哀求着什么。

可乘重新躺好，闭上眼睛。

按照习惯，晚上十点多，如果在庙里，应该打坐入静了。可是，无法打坐不要紧，竟然也入不了静，可乘这才意识到，打坐并不是一个可有可无的形式，打坐是入静的前奏，也是顺利入定的保证。身体一旦放倒之后，思想就很容易涣散无定，像风中的云影，四处乱飘。由此看来，打坐其实是一种战斗的姿态,入静是向混乱无序的思想宣战。进一步说,出家人其实是战士,软弱的战士,静的战士,空的战士,自取失败的战士。出家就是用失败让那些自以为是为数众多的胜利者略略感到不安。

就这样,可乘始终没有睡意,如同置身在一个玻璃容器里,每一粒细胞都是透明的。下铺的红芳完全不理他,侧身躺在床边,把孩子护在怀里,静静地看着睡熟的孩子,好一副慈母的样子,又似乎有些心事重重。

车厢里熄灯了,最后两个说话的人也安静了。可乘准备上趟厕所,下床后看见她向他招手,悄声对他说:"帮我看一会儿。"

她拿上毛巾和牙刷走了。

他坐在孩子旁边,禁不住一笑,再看看那张睡着的小脸,有种心连心的亲近感,有了一种水一样流出的错觉:自己是这孩子的父亲!种瓜得瓜,种豆得豆,这孩子是自己的种。他很想躬腰亲亲那张小脸,却忍住了。

他抬起头,看着漆黑的窗外,默然自语:"世界上看来真有爱屋及乌这种事的,由此推论,我应该是爱上这个女子了……"

半小时后,红芳才回来。

透过车厢远端射过来的稀薄灯光,可乘看见,红芳脸上的浓妆完全没有了,假睫毛、口红、眼影都没了,洗得一干二净,因此她也变成了另一个人,一件真品,反衬之下,前面那个红芳更光艳照人,却是一件赝品……

然而,她似乎不敢抬头看他,尽可能垂着脸,说:"你快上去睡一会儿。"他坐着没动,她说:"快去呀。"急着要让他走开。

他上完厕所,回来时她仍然不理他,像先前那样睡在床边。他爬上中铺,也睡下了。他很后悔没有及时赞美她一句,说她:"现在更漂亮!"他很讨厌自己,有时很大胆,没有不敢说的话,有时又畏畏缩缩像个傻子。

他渐渐竟也睡着了。

他醒来时,车厢里还是灰蒙蒙的,大部分乘客还在熟睡,他想起了她,歪过头向下看去,只见她正埋头给孩子喂奶,那个雪白的东西就在他鼻子底下,一伸手就能碰到,她并没有察觉,所以他屏气凝神看了一会儿。

他终于胆小地收回了目光。

那个东西仍然在他眼里,虽然被淡淡的灰影裹住了,却是玲珑雪白的样子,冰清玉洁,再稀少的凡心,也受不了它的撩拨。他坦然接受了自己身体的变化,任男根在被子底下翘得高高的,不知羞耻,却也直爽可爱。

他又装着睡了一会儿。

半小时后,她拍拍他的脸,说:"再帮我看看孩子。"他急忙翻身下床,从她怀里接过孩子,她拿上一堆洗漱用具,快快离开。

和尚

孩子睁着圆眼睛，定定地看他，他对他笑，对他挤眼睛，亲了亲他，他还是觉得自己和他血肉相连，自己是他的爸爸，只是搞不清自己何时种下的豆？或者没种豆却长出了豆？因和果一定是等量齐观的吗？他想，世人用DNA检测一个孩子是否亲生的行为，实在是荒唐极了。世人对血缘的看重，实在可笑。

他抱着孩子在过道上来回走动。开始有更多的人醒来，新的一天从列车上开始了。他觉得，这实在是新的一天，生活发生了很大变化。红芳甩着手回来了，并没有化妆，脸上白白净净，向他走来时，并没像半夜那样不好意思，但仍然有豁出去的味道。她停在他旁边，歪斜着身子，半是自然半是蓄意地和他紧挨在一起，逗他怀里的孩子："爸爸抱着好不好？"孩子眼睛一亮一亮，似乎听懂了她的话。

她错过身，回去了。他立即觉得自己像枯树一样,水分在一瞬间流失了。但是,做枯树也是幸福的,因为回忆仍然潮湿。他没有跟着她回去,而是抱着孩子继续走向了远处。后来他站在某一处窗边,透过结着冰絮的玻璃,看见太阳正在冒红,渐渐升高的太阳里有不灭的新意,驱散了天地间厚重的陈腐气。

他发现自己竟然哭了。

## 13

三十日下午四点,列车停在天水车站。红芳抱着孩子,可乘提着包,出了站,寻找红芳的弟弟红兵。红芳并不知道可乘此刻心里的滋味。他没计划回家,但他已然到了家门口。天水车站几乎就是家了,小时候他经常扒货车去渭水峪偷梨,现在竟要假装成女婿去渭水峪见"丈母娘"。他还想起一个初三同学,是他的结拜兄弟,改了年龄去当兵,大家在附近一家小酒馆给他送行的样子。当时,他很羡慕同学,说他"自由了",从此可以不用听"父母管教"了,同学却很闷闷不乐,说:"自由个球,我是去服兵役。"他说:"服兵役总比在家里当乖孩子好。"大家一致赞同他的说法,碰着满溢的啤酒,用还在变声期的稚嫩声调说:"是啊,无论如何,远走高飞多好啊。"当时,肯定没任何人

# 和尚

能想到,几年后,另一个人也远走高飞了,却是上北京,当了和尚……

红芳的弟弟红兵是一个老老实实的乡下孩子,声线里透着老实和呆板。可乘有印象,那一带人,出门远行时,总把整座大山都放在自己的口音里,开口说任何话的时候,那底音首先暴露了整整一个地区的哀凉,当然,更多的时候,会被听成乡气、顽固和狡诈。红兵是自己开车来接他们的,一个小四轮,载着他们,从车流和人缝里艰难前行,很快就过了渭河大桥,渭河里的那么一股子涓涓细流叫成小溪也无妨,可乘差点说:"渭河里的水,比几年前小多了。"话没出口,想起自己得装成北京人,是第一次来到古代秦州、今日天水。红芳事先肯定告诉家里人了,所以红兵并不打问"姐夫"的来历,只显得敬爱有加,一路上相当热情地给姐夫介绍天水的地理人文:

"李世民是我们天水人。"

"杜甫在天水住过八个月。"

"潘石屹是我同学的叔叔的同学。"

"古秦州酒很好喝,到家陪姐夫多喝几杯。"

……

可乘和红芳对视一下,红芳大声对弟弟说:"你姐夫不喝酒不吃肉!"红兵一听,立即反问:"不喝酒不吃肉?总不是和尚!"幸亏红兵开着车,没看见车厢里的两个人立即惊呆了,像两个大骗子一出手就被戳穿了。

"北京流行素食,你懂个屁!"红芳说。

"不吃肉不喝酒,待在北京有啥意思!"红兵回了一下头。

"你快把车开好!"红芳喊。

可乘看两边,陡峻的山体,一面有很厚的积雪,一面却光秃秃。红兵手中的小四轮,像公园里的过山车一样,只是疯跑,转弯时都不减速,哪儿危险往哪儿跑,还时不时回头说话。红芳一手抱紧

## 和尚

孩子，一手抓紧车沿。可乘虽然表面平静，心里也是十分紧张的，有几次甚至连连祈祷："阿弥陀佛阿弥陀佛……"

可乘记忆中的渭水峪在渭河边上，从天水扒上一列货车，沿着渭河过三个站就到了，第四个站就是水果之乡渭水峪。红芳所说的渭水峪显然是另一个地方，在天水过了渭河大桥之后就一直向北，向北，那里正是天水市民称之为"北山"的区域。某人介绍自己是某地人，天水市民总会习惯地补充上一句："噢，北山上的。"轻视、敬畏、憎恨、警惕等等意味合而为一的口吻。北山一带人，由于条件艰苦、出身贫寒，常有一些相似的性格，如喜抱团、能钻营、谎话多、精于算计、拼劲十足……所以，各行各业都有北山人，而且表现出众，天水官场更是以北山人居多。所以，"北山上的"四个字就实在意味深长了。此刻的可乘，还是第一次进入从小就熟悉的北山深处。

"我们这地方，山得很！"

红芳似乎看出可乘在想什么，喊着说，有些脸红。前几个字是普通话，后几个字不由自主变成家乡话。不用解释，可乘自然明白，"山"是一个形容词，兼有贫穷、偏僻、土气、粗鲁等等意思。可乘心里突然有了一种无关贪欢，也来不及彷徨的爱意，伸手把红芳大方地揽了过来，紧紧地搂在怀里，红芳并没感到惊奇，迎合着，将头偎在可乘肩上，与他腮对腮地看着前方。可乘暗暗松了一口气，因为，接下来的戏变得好演了。他一直没忘记自己是一个演员，而首要的责任是别把戏演砸了。

"渭水峪的地盘不小。"可乘说。受红芳影响，可乘也改为家乡口音。红芳急忙向他吐舌头，暗示他："你只能说北京话！"

到红芳家时天刚刚黑，村子里炮仗齐鸣，家家户户正开始烧纸迎神，可乘在红芳家堂屋里见过等候中的奶奶、爸爸、妈妈，立即就随红兵来到院门

## 和尚

外,和一堆陌生的孩子跪在一起,焚香烧纸,迎列宗列祖回家过年。

看得出,大家对这个女婿是满意的,家里人倒显得拘束起来。可乘原本就有英雄气,某一瞬间会突然变成另一个人,说话举止都添了声势,事事都不在话下的样子。红芳的奶奶喊:"快来上炕,吃饭。"可乘立即就脱鞋上炕,坐在奶奶旁边。红芳用普通话说:"不能坐那儿,那是上座!"可乘就急忙换了地方。

年夜饭即将开始,红芳掐掐可乘的手,可乘发愣,红芳做出搓钱的动作,可乘这才掏出红芳预先装在他身上的新钱,发给大家。百元的、拾元的、伍元的,都是新钱。奶奶二百,爸爸妈妈各五百,红兵夫妻各二百,孩子们每人五十,伍元的留给邻居家孩子。大家个个收好了钱,对可乘的敬意又明显增加了几分。这时候红兵已经悄悄斟好了酒,给了可乘一杯。可乘说:"我不喝酒,喝了过敏。"

红兵不依,直到红芳发了火才罢休。不喝酒,那就吃肉吧?红芳说:"你姐夫也不吃肉。"红兵问:"吃肉也过敏?"红芳说:"北京人流行吃素,人家叫素食主义!"红兵说:"姐夫,你既不喝酒又不吃肉,这不是白来了一趟吗?"可乘正要说什么,奶奶说话了:"不喝酒不吃肉,我喜欢。"可乘说:"我和奶奶能吃到一起,你看,土豆丝、酸菜炒粉条、凉拌胡萝卜……这么多好吃的!"红兵说:"奶奶信佛,你呢?"可乘准备回答什么,被红芳打断了,说:"别理他。"

吃了没几口饭,红芳的孩子哭了,红芳从妈妈怀里接来孩子,扶起衣服给孩子喂奶,紧挨红芳的可乘只好把目光故意移远。

电视里正播春节晚会,赵本山和小沈阳的戏,让红兵媳妇和孩子们忘了吃饭,红芳的爸爸和弟弟在埋头喝酒,奶奶和妈妈不看电视,也不喝酒,饭也很快吃饱了,僵坐了一会儿,奶奶要去睡觉,妈

## 和尚

妈也要去睡觉,红芳看出可乘也想趁机离开,就说:"可乘,你也去睡吧。"可乘犹豫了一下,说:"我……不急吧?"红芳说:"你火车上没睡着,早点儿睡吧。"可乘便给爸爸和红兵添了酒,跟着红芳离开了。

红芳把可乘带到另一个房间,可乘进去一看,真的是新房的样子,被褥都是新的,一红一绿,四四方方,亲昵地挤在一起,墙上用红线绷着大大的双喜,字里面蹲着几只翅尾鸣叫的小喜鹊,窗户上有漂亮的窗花……

红芳说:"你先睡,红男绿女,红被子是你的。"

可乘问:"我能不能洗个脚?"

红芳说:"你等等,我去打水。"

红芳用塑料脸盆端了半盆热水回来了。

红芳问:"要不要我给你洗?"

可乘红着脸摇了头。

红芳说:"洗嘛洗嘛,你辛苦了!"

可乘说:"没没没!"

红芳不管他,把他推坐在炕上,强行脱去他的鞋和袜子,把一双臭脚压进浅浅的热水里,说:"臭死了臭死了!"可乘只好"豁出去",把两只大脚交给她,任她在水中搓洗,打上肥皂,把每个指头缝都认真洗过了。

"舒服吧?"

"我担待不起!"

"别那么客气!"

"真的担待不起……"

红芳不接话了,双手的动作更柔软了,边洗边捏,含着些手法在里面,令可乘心里痒酥酥,如同被一根羽毛轻拂着。

"可以了。"可乘说。

"别急!"红芳态度强硬。

"可以了……"

"涌泉穴要经常按,对肾好。"

可乘几乎想求饶了。

红芳说:"好了,你自己擦吧。"

红芳端上盆子倒水去了。

可乘擦着脚,心里在紧急盘算:

她会马上回来吗?

她回来后会怎么样?

然而,红芳直接回堂屋了,红芳的脚步声向东侧响过去了,这令可乘微微松了口气,然而,要命的是,更有失落和难过。

## 14

深夜,熟睡中的可乘发现红芳在自己被窝里,她是什么时候钻进来的,他不得而知,是她使坏的笑声吵醒了他,他睁开眼睛,马上就明白是怎么回事,没一点点惊讶,也没有丝毫迟疑,很像是虚席以待了很久……

"原来,你会呀?"

"才学的!"

"骗人!"

可乘不说话了。

"明白这个的人,还能忍住?"

"时间长就忘了。"

"我不信,一百个不信。"

"真的,真的。"

"那古代的太监,为什么要阉割?"

## 和尚

"阉割自有阉割的道理。"

"和尚也应该割了!"

"是呀,应该应该!"

"不过,昨天割我同意,今天割我不同意。"

红芳说完又发出一阵怪笑。

可乘则在暗暗叹息,一方面觉得好,觉得轻松,觉得人有动物本能也不错,毕竟是人的动物本能,不是动物的动物本能,和动物到底是两码事;另一方面,的确是相当愧疚的,如同借了新债还旧债,轻松是一时的。

早晨,可乘照例很早醒来,红芳和孩子都不在炕上,自己盖着光滑的红被子,底下藏着复杂难言的味道,自己的枕头边上还有个枕头,上面留着几丝长发,绿被子方方整整放在远端的墙角。想起昨晚那件事情的点点滴滴,就好像发生在很久很久以前,自己几乎忘光了,此刻,才借着眼前的景物意外想起。

他急忙坐起来,找衣服穿。

他出门,听见红芳和妈妈在堂屋聊天,深夜里,那声音是互诉苦情的味道。可乘发现院门半开,院门外亮堂堂的。他想都没想便走出院门,听到另一端有杂乱的脚步声,七八个人,有说有笑,由远而近走过来。相反的一面已是村子的边缘,灯光的尽头黑影幢幢,他仍旧想都没想就走过去,很快就置身于浓浓的夜色中,似乎有偷偷逃走的意思。后来看见了一棵形状怪异的老树,树底下是谁家的大坟地,月光下,那些坟堆大概有二三十个之多,有一种森严阴冷的阵势。好在他是和尚,曾经专门在坟地里练过打坐入定。他已经连续三天没有打坐了,那么,就在坟地里打打坐吧!

可乘随便在一个角落里坐下来,背对着几百米之外那灯光四溢的村子盘上腿,闭上眼睛,却是心乱如麻,根本静不下来。他仰头看头顶的大树,是一棵大槐树,树冠极度歪斜,伸向空间更大的一

## 和尚

面，恰好罩在他头顶，他心里一动，想上树试试，坐在树枝上没问题，连续坐两小时也没问题，就看能不能入静。

转眼间他已经端坐在事先选好的树枝上了，那地方像胳膊肘儿，他的屁股稳坐在弯曲处，身体如向上的树枝，纹丝不动。

他双手合十，闭上眼睛，嘴里念念有词。只是，他的神情表明他并不在坐忘的境界里。他早就有了坐忘的功夫，任何事情，打坐之际立即忘得一干二净。可是，现在不行，现在，只是徒然坐着而已。没过多久，隐约听见了一个熟悉的声音——木鱼的声音、磬的声音！这声音似乎正是由于坐在高处才听见的！

想起来了，红芳告诉过他，三里之外的村子里有一座庙，初一早晨，凌晨零点一过，附近的村民会从四面八方赶往庙里烧香，越早越好，有人为了成为初一凌晨第一个至少是第一批烧香的人，宁愿天黑前就去庙门口排队。他和红芳在被窝里贪欢的时候，家里静悄悄的，是因为爸爸、红兵和孩子们刚好烧香去了。

他才明白，红芳正是挑了家里没人的时机钻进他被窝的……红芳钻进被窝的时候，他忘记了所有的戒律，尽管原本是睡着的，但眼睛一睁就自觉自愿地伸开胳膊，把一丝不挂的红芳揽进怀里，红芳要求他脱掉线衣线裤，他静悄悄地遵命了，这之后他就变成一个行家里手了，变被动为主动，甚至是甘之如饴……

他决定去庙里罚自己跪香！

他直接从树上跳下去，快步回到村里，经过红芳家的院门，没进去，只向里面看了一眼。一路上，碰到了很多烧香回来的人，也有不少宁愿迟一点去烧香的，两者在窄窄的山路上擦肩而过，靠声音辨认对方是谁，来的人都空着手，去的人都持着香，多数是三五成群、老老少少，鲜有像他这样独来独往的。

到庙里时，天色愈黑，但庙里庙外，灯光灿灿，庙里面仍然十分拥挤，可乘退出来，特意站在大门外四下里看了看，断定这座庙是近几年新修的，石材、木料和油漆都是新的，规模不小，有观音寺的一半，名叫谷草庙，四面环山，七八条歪歪扭扭的山路上人影如织，有下山的，有上山的，真是蔚为壮观。

随后可乘直接进了大雄宝殿，从桌上取了三根香，站在右侧的空档处，侧身向佛祖作揖，插好香，跪下后并不像大家那样立即起身离去，而是持续跪着，打算跪到三根香烧完再起来。他刚做和尚的时候，屡屡被师父罚过跪香。自己罚自己跪香也不是第一次。出出进进的香客，没人懂得这个陌生人在跪香。

天色渐渐发白了。

可乘已经跪了半小时，香客的数量明显减少

了,脚步声明显稀疏下来,香炉里的香,挤挤挨挨,长长短短,全都燃得很旺,哪三根香是可乘的?早就辨不清了,但他仍然保持最初的姿势,久久地跪在冰冷的砖地上……

红芳找到庙里来了,她没猜错,可乘果然在庙里,跪得直直的,满脸鼻涕和眼泪,令她想起一句北京话:"悔青了肠子!"

红芳在可乘身边大声咳嗽了两声,可乘却是一无反应。红芳只好退出来,四处烧了一遍香,回来后可乘照旧跪着不动。

红芳问一个老和尚:"那人在干啥?"

老和尚说:"在跪香。"

红芳问:"跪香?啥叫跪香?"

老和尚说:"身上背的业障多了,跪下来忏悔忏悔,有好处。"

红芳问:"哦,要跪到啥时候?"

老和尚答:"最少要跪完一炷香。"

和尚

红芳来的时候原本带着气,老和尚的话却令她的心弦幽幽一颤,于是决定不干扰可乘,悄悄去庙门外等,等可乘跪完香出来。

此处是山间洼地,风不大,却更阴冷,十天前下过的一场雪还没有消尽,冷空气直往身体里钻,红芳咬牙忍耐着,捎带着既然可乘在跪香,我也自罚一下的意思。而结果却完全出乎意料,红芳有了一个热切的愿望:

我见过的男人一个比一个花、一个比一个浪,可乘这样的男人实在难得,我们为何不来个假戏真做,把假鸳鸯做成真鸳鸯?

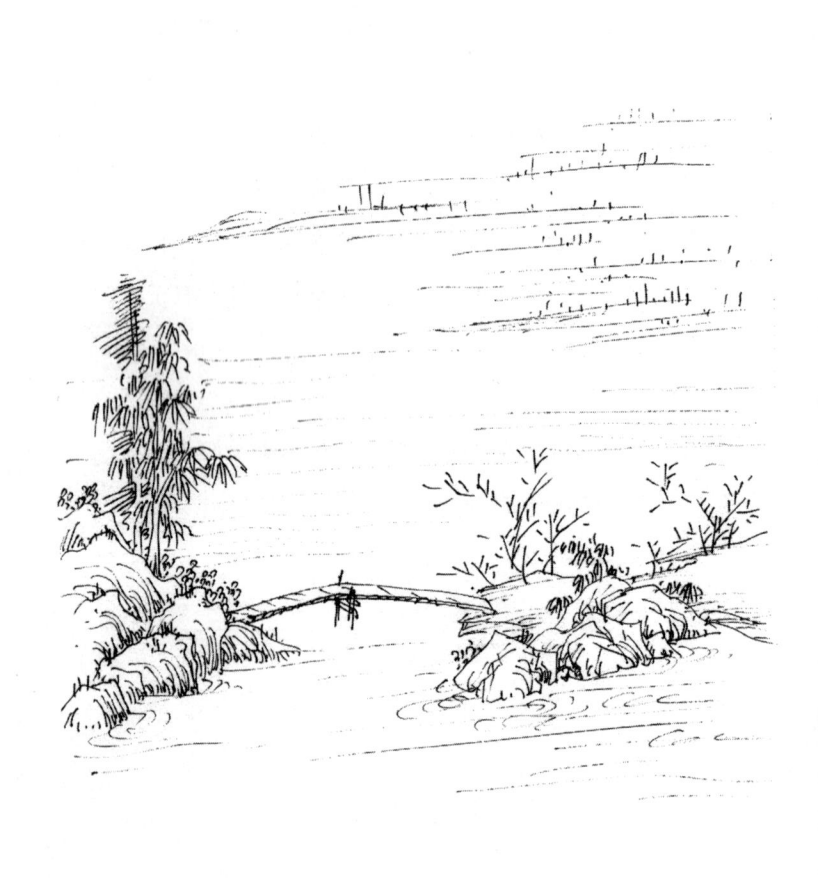

# 15

可乘从庙里出来,下了台阶,正要离开,突然传来红芳的声音:"嗨!"可乘停下来,侧过脸说:"快出来吧,我看见你了。"

红芳从一棵松树后面探出半个身子。

可乘问:"你怎么知道我在这儿?"

红芳走出来说:"养驴的还不知道驴脾气?"

可乘嘿嘿地笑起来。

红芳跟过来,搀住他胳膊。

"哪天我也要来跪香!"红芳说。

"你跪哪门子香?"可乘问。

"跪昨晚上引诱你的罪过啊!"红芳使了个鬼脸。

"应该!应该跪!"可乘连连点头。

红芳却沉默了下来。

"你怎么知道我在跪香?"

"一个老和尚说,身上背的业障多了,跪下来忏悔忏悔也好。"

"是啊是啊。"

"你真的在忏悔昨晚上的事吗?"

"阿弥陀佛,阿弥陀佛……"

"我身上背的业障,恐怕更多吧?"

这话令可乘大感意外,他急忙看她,发现她是认真的,眼睛里有细细的泪光跃然而出,每一颗泪光都是认账和羞愧的表情。

"我身上肯定背了不少业障,我知道!"

"只要真心忏悔,弃旧图新就好。"

"我怕,我好怕!"红芳突然抱住了可乘。

"怕什么?"可乘抚摸着她的头发。

"怕我回到北京,和那伙人在一起,身不由己……"

"那就搬出来,找个事情干。"

"哪有那么容易!"

"只要真心发愿,就容易。"

"可乘你能帮帮我吗?"红芳仰起头。

"没问题,我帮你找个正经事情,在北京我认识不少人,房产局局长、报社总编、派出所所长,各行各业都有。"可乘摸摸她的耳朵。

"不嘛,我想嫁给你!"

"这个……恐怕……"

"我知道,你嫌弃我!"

"不是嫌弃不嫌弃的事……"

"你要是不嫌弃我,今天就算咱们结婚的日子。"

"不好,不好……"

红芳突然跪下了,哭着说:"你不答应,我就不起来。"

可乘僵僵地站着,长叹了一口气。

红芳抱紧可乘的双腿,继续哭着说:"你放心,我会好好做你老婆的,我天天给你洗脚,天天给你唱歌,天天给你做好吃的……"

可乘望着早晨的太阳,表情凄苦。

红芳仰头轻声问:"你同意了?"

他低头看着她,说:"我出家的原因,我自己心里最清楚,第一个原因就是,我这个人怕和人打交道,也怕麻烦,怕任何麻烦。"

她说:"你啥都别管,我伺候你!"

他软软地摇头,又叹口气。

她说:"真的,我会好好伺候你的。"

他说:"我不要人伺候!"

她静了静,问:"那昨晚上算什么?"

他一下子哑了,大冷的天,额头上却冒汗了。

她摇晃着他:"你说呀,昨晚上算什么?"

他呆呆地站着,真的不知道该如何回答了,"阿弥陀佛"四个字习惯地来到舌边,又缩回去了,他觉得没有任何一个字是适合在此刻说的,包括"不可说不可说",包括沉默……不得已他只好也跪下来,向她跪下来。

和尚

她看见他跪下了,向自己跪下了,禁不住就眼泪汪汪,这一瞬间她突然觉得自己爱这个男人,不想让他为难,不想让他受罪……

他也哭了,无声,却滂沱。

两个人就这样久久地抱在一起,没完没了地流着泪,就像两个陌生人意外找到了共同的苦衷,越哭,那共同的苦衷却越多。

## 16

初一这天的晚上,当着一大堆亲朋好友的面,红芳和可乘补了结婚仪式,名为仪式,其实十分简单,由红芳的爸爸点燃三炷香,交给可乘,可乘用右手的拇指和食指夹住香,其余三指自然收拢,回头看一眼红芳,和她并排站在祖宗的神位前,然后用双手将三炷香举至眉间,默念着什么,然后插香和跪拜。大家看到可乘的动作相当娴熟,几乎很有几分美感。红芳的奶奶坐在炕后面,前面的人挡住了她的视线,她只好如孩子一样趴在炕上,拧着脖子,忘情地观看着。红芳站起来时,看到奶奶,跑去和奶奶抱在一起,两人都在默默垂泪,让大家看出,这一老一少的感情非同寻常。

接下来跟着奶奶去了奶奶的房间,奶奶一个人住在拐角的一间矮房里,可乘早想进去看看了,果然,一进门就闻到一股子浓郁的檀香味,不用奶奶

## 和尚

引路，可乘早就看到了侧面的枣木佛龛，缓缓地走过去，用温柔的目光看一眼观音菩萨，然后把闪闪的佛灯端在手上，拧开盖子，找到油瓶，添了些油进去，再从旁边的香盒里抽出三炷香，用佛灯点着，回头看一眼红芳，红芳急忙跨前半步，跟在可乘后面，学着可乘的样子作揖、跪拜，地上有草垫子，可乘却直接跪在地上，一拜二拜三拜……

可乘站起来，并不走开。

"那是麻脸观音。"奶奶解释。

"怎么是麻脸观音？"可乘问。

"我也不知道，一辈一辈传下来的。"奶奶说。

"我请出来看看好吗？"可乘问。

"你看吧。"奶奶说。

可乘并不知道，他已经不知不觉说着纯熟的天水话。奶奶发现了，甚为疑惑。红芳有些脸红，却不便提醒他。在红芳和奶奶的共同注视下，可乘用双手捧出那尊瓷质的麻脸观音，原本打算仔细察看的，身为和尚，他还是第一次见这种观音像，当他把麻脸观音捧在手上的瞬间，却突然没有了丝毫疑惑，有的只是深深的酸楚和敬意，禁不住把自己的额头贴在麻脸观音的脸上，无声无息，泪下如雨。

红芳也跟着哭了。

奶奶悄悄躲出去了。

哭够之后，可乘把麻脸观音放回佛龛。

"你得答应我一件事情。"

红芳噙泪点头。

"此时此刻，在观音菩萨面前，咱们算是正式结婚了，我会尽可能做一个好丈夫好爸爸的，可是，我的生活习惯不能变……"

"哪些习惯？"

"主要是，素斋和诵经的习惯。"

"我答应你！"

两个人相互擦净眼泪，出来了。

外面，鞭炮齐鸣。

## 17

初四早晨,红兵给小四轮加了油、加了热水,发动着,在院门外咚咚咚响起来,很多人听见后,赶来给红芳和可乘送行。院内,红芳和可乘正要出门,奶奶却喊:"等等。"奶奶跑进自己的屋子,静了片刻,出来时手上捧着麻脸观音,奶奶万分谨慎地下了台阶,向可乘走来,可乘意识到奶奶将送给自己一样天大的礼物,急忙放下手中的行李,不由地跪下来,仰面接过麻脸观音,再一次泪眼婆娑。

回北京的列车上,可乘仍旧在苦思冥想,这尊观音为什么不是常见的端丽干净的样子,却长了一脸密密麻麻的雀斑?而自己,为什么一见到麻脸观音就悲喜交加,心里面酸酸的,有久别重逢的味道,有流不尽的眼泪?

可乘若有所悟,写了日记:

《普门品》中有云：众生应以何身得度者，观音菩萨便以此身度之。三十二应身里虽然没有麻脸观音，也许可以这样理解，观音菩萨为了说法需要，常常随类现身，因病与药，没有固定的性别、身份和长相，"三十二"应该不是实数，而是一切众生，无量无数无边众生，众生有长相漂亮的，也有生来带着瑕疵的，比如麻脸，化身为麻脸观音，足见观音菩萨真是大慈大悲，奇哉奇哉！

回到通州，把红芳母子放下，可乘就心急地去了道场。在楼底下，可乘看见五楼的道场里亮着灯，窗户上的大"禅"字清晰可见，诵经的声音从高处落下来，入心入肺。可乘上楼，自己用钥匙开门进去，专心念佛的居士们看清是一身时髦打扮的和尚，全都哈哈哈大笑起来。可乘红着脸走进去，说："我带来一个宝贝，你们看看吧。"可乘从包

## 和尚

里取出用软黄的布子包住的麻脸观音,缓缓打开,让大家看。

没有一个居士能说清这种造型的观音是何用意,有人甚至觉得这是对观音的不恭,有人猜测,这尊观音可能是烧制工艺出了问题,是绝无仅有的例子,王居士懂一点儿文物鉴定,他观察半晌后说:"是清初期的瓷器,把时间、佛像和稀有三个因素加起来,拿到拍卖市场,以我的经验推测,至少下不了100万。"

"和尚发了!"有人就说。

可乘忙说:"阿弥陀佛!"

可乘的意思大家自然是明白的。

接下来,大家更想听可乘快快"交代":一个和尚装成一个妓女的老公,一路上到底发生了什么?除了妄语戒还犯了哪些戒?

"我们结婚了。"可乘说。

可乘预先已经想好,直话直说。

——"什么？不会吧？"

——"太快了吧？"

——"和尚你太不够意思了！"

——"我都想哭了！"

最后这话是王居士说的，他也真哭了。

另两个居士也是一脸哭相。

可乘想不到居士们的反应如此激烈，心里也有些过意不去，有背叛了大家的味道，甚至有一丝要反悔的冲动。但是，他深知自己是喜欢红芳的，他的确也不想放过英雄主义的机会：和一个妓女结婚，帮助她弃旧图新。

可乘事先想好了怎么说，比如，结了婚等于救了一个人，此刻却觉得没法说，还是羞愧更多一些，任何理由，都像是借口了。

看到可乘难开口的样子，老大姐说："哎呀，大家高兴点高兴点，和尚结婚了，是喜事一桩，他还可以继续做咱们师父的。"

和尚

可乘说:"我们有约定,她必需尊重我的生活习惯,我是还俗不舍戒,还俗之后我的基本信仰不变,吃斋和诵经的习惯不变。"

老大姐带头鼓掌,有人跟着鼓了掌。

可乘的样子变得松驰了些。

可乘终于还是把那些想好的话说出口了,虽然有夸饰和找台阶下的味道,但还是硬着头皮说出来了,大家听罢,倒也接受。

于是在老大姐的主持下,立即开了个"现场办公会",讨论婚后的可乘一家住在哪儿?如何生活?张居士同意把三套房子中的一套借给可乘,不收一分钱房租,陈居士、王居士等人愿意凑钱支持可乘开一家素食馆。

## 18

张居士借给可乘的这套楼房,就在通州,离老大姐的道场不远,三站路,走路一刻钟就到了,里面家具电器样样齐全,而且都是新的,因为不缺钱花,虽然闲着,却一直没租出去。可乘和红芳搬进来,直接就过上小日子了。这让红芳看到,可乘在北京还真大有人脉的。红芳还惊奇地看到,在这个尔虞我诈的世界上,竟有这么一伙人,来自各行各业,因为喜爱念佛,和和蔼蔼、平平常常待在一起,有钱的看不出是有钱人,没钱的也不露穷酸相,相互之间的那种亲和力不亚于兄弟姐妹,又有超过兄弟姐妹的地方,亲切但不腻歪。她想,如果不是亲眼看见,我是打死都不会相信的。

"我也想吃素!"红芳说。

"你先奶孩子吧,奶完孩子再说。"可乘说。

# 和尚

"不吃素,他们会不会嫌弃我?"

"老大姐吃素,张居士、王居士吃素,其他人每逢初一、十五才吃素。"

"那我就初一、十五吃素!"

"以后再说吧,先把孩子奶好。"

"可乘,你真好!"

红芳说的是心里话,想通过吃素表达自己对居士们的敬意,包括对可乘的爱意,本以为可乘一听会高兴得跳起来,没想到竟是如此。更令红芳感动不已的是,可乘已经完全像个好老公了,每天亲自从街上买一堆菜回来,一进门就换上花围裙,戴上花袖套,钻进厨房,无声无息地坐在那儿研究菜谱,烧肉,煎鱼,炖汤,眼睛里闪着专注的光芒,而他自己,坚决不沾荤腥,还保持着过午不食的习惯。

为了向可乘表示自己和过去一刀两断的决心,红芳主动换了手机号,还特意当着可乘的面,把旧的SIM卡丢进了马桶。

## 19

清明节过后,红芳的弟弟红兵从老家来北京了,他将成为可乘的徒弟,跟着可乘学厨艺,学成后,开素食馆时就多了一个人手。红兵还带来了家里的户口本,这样,红芳和可乘就可以补办结婚证了。可乘的户口在观音寺的集体户上,观音寺在河北省三河县五岭乡境内,所以他们只能去三河县五岭乡登记结婚。

这天,红芳和可乘乘公交车来到观音寺,红芳不好意思进去,在门外等,可乘进了山门,没有直接去找智河,而是依次进了护法殿、左右配殿、观音殿和大雄宝殿,烧了香磕了头,可乘惊喜地发现,观音寺里有重要变化,观音殿里的"十全灯"已经取消,各殿里有猫腻嫌疑的那些节目也都没影了,只剩下一个功德箱。值殿的和尚们显然都知道

# 和尚

可乘还俗了,有人装作没看见,也有人露出欢喜平常的笑容。去见智河住持的时候,可乘信心大增。果然,智河住持并没有记仇的意思,把户口本的封面和可乘的那一页交给可乘,半笑着说:"在家出家,一切随缘,佛祖保佑,去吧!"

可乘走出山门,红芳忙问:"挨骂了没有?"可乘摇头说:"没有。"红芳不信,可乘模仿智河住持的口吻说:"智河住持说,在家出家,一切随缘,佛祖保佑,去吧!"红芳说:"我以为他会劈头盖脸把你臭骂一顿!"可乘说:"出家人,不会随便骂人的。"红芳问:"那你还俗了,会不会骂人?"可乘说:"也不会。"红芳说:"不许反悔!"可乘说:"好的好的。"红芳学他的口头禅:"好的——好的——"

之后就去了五岭乡。

办证的大妈一看是观音寺的集体户,斜眼看看可乘:"你是张磊吗?"可乘点头,大妈指着户口一字一板地问:"你要结婚?"可乘又点头,大妈仍然指着户口,说:"你不是和尚吗?"红芳抢着说:"他还俗了。"大妈问:"怎么证明他还俗了?"可乘笑着说:"还俗用不着证明的,在剃度师父面前磕三个头就行。"大妈说:"那也太便宜你们了吧?"可乘一笑,说:"出家不是坏事,还俗也不是坏事,来去自由,一切随缘。"大妈僵在那儿,还是不愿受理,紧挨着可乘的一个小伙子说:"他领了结婚证,不就证明他还俗了吗?"大妈回头盯了此人一眼,小伙子急忙安静下来,可乘说:"好吧,听你的,你说怎么办?"大妈说:"让观音寺开一个还俗证明来。"可乘说:"可以。"

红芳想吵架,可乘急忙拉走了她。

"不就是多跑一趟路吗?"说完这话句,可乘惊喜地发现,自己如今不怕麻烦了!以前那么怕世间的麻烦,怕所有的大大小小的麻烦,肯定是因为年轻,因为不懂佛法,现在不会了,现在,让所有

和尚

的麻烦接踵而来吧!

于是，再一次回到观音寺。

智河说:"是呀，社会上对咱们和尚有偏见。"

可乘说:"不能怨他们，佛教应该从深山老林里走出去，对人们的日常生活发生影响，有多少人穿上袈裟成为出家人是次要的，有多少人来庙里烧香磕头也是次要的，有多少人的精神世界受到佛学的熏陶才是主要的。"

智河郑重地看看可乘，说:"你说得对……"

拿着智河住持开好的还俗证明，回到五岭时，已经到了下班时间，只好第二天再来，第二天一大早就到了五岭，顺利领到了结婚证，回观音寺还户口时，智河住持有了个大胆的主意:"像基督教天主教那样，在观音寺观音殿为广大信众主办佛教式婚礼，请社会各界的人士参加，第一场婚礼就是你可乘的。"

## 20

现在应该叫他张磊了。

农历四月十二日,张磊和红芳的婚礼在观音寺观音殿内举行。张磊的父母来了,红芳的父母来了,北京河北两地的居士也来了不少。婚礼由老大姐主持,由智河住持主婚,由杜局长证婚,特别安排了礼佛、敬香、献灯、献花、放生、素宴等内容。红芳穿着一件水红的旗袍,开衩很高,令红芳的白腿半藏半露,触目惊心;张磊则是一身合体的黑色西装,黑亮的尖头皮鞋,大红的领带……头发已经长长了,在红芳的监督下,理成风流潇洒的样子,让大家怀疑这个人和先前的可乘是否同一个人?很多来宾也都是时髦光鲜的打扮,加上初夏时节的蓝天白云、花红柳绿,令观音寺有一种改天换地的味道,人们一开始的确觉得唐突,稍稍习惯了之后又相信这才是真正的平常心。

智河住持引领两位新人宣读誓词：

"请两位新人在佛前盟誓！"

红芳的右手放在张磊的右手里，等着盟誓。

宾客们一时静下来，屏神期待。

"弟子张磊，你愿意娶弟子朱红芳为你的妻子，以宽容之心爱惜她，保护她，尊重她，尽你做丈夫的本分到终身吗？"

"我愿意！"

"弟子朱红芳，你愿意嫁弟子张磊为你的丈夫，以温柔之心爱惜他，帮助他，体贴他，尽你做妻子的本分到终身吗？"

"我愿意！"

"昊天博爱，三界有情，弟子张磊，弟子朱红芳，在过去无量劫中，菩提树下，相约牵手，发愿同修，喜得我佛护持，随缘点化，今日终成眷属！值此美好时刻，你们愿意深深感谢成就你们今世恩爱的父亲母亲吗?"

"我们愿意!"

"你们愿意深深感谢与你们结下无量善缘,共享此刻欢喜的各位亲友吗?"

"我们愿意!"

"弟子张磊,弟子朱红芳,你们愿意恪守今天的盟誓,善愿善行,以实际功德报答父母,报答亲友,报答一切善知识吗?"

"我们愿意!"

热烈持久的掌声之后,两位新人轻轻拥抱,并未亲吻。只拥抱不亲吻,是老大姐和智河住持反复斟酌后定下的,显示了两位佛弟子的良苦用心。就算简单的拥抱,已是大大破例。有人皱着眉毛,有人则禁不住潸然泪下。

然后是互赠信物,大家看到张磊摸出一串红色的玛瑙佛珠,戴在红芳手腕上,红芳的信物也是一串佛珠,一串菩提子的佛珠。

最后一项内容是"放生"。

专门从鸟市上买来的两只珍珠鸟,一雄一雌,纯白秀逸的身子,粉红的眼珠,在鸟笼里上下跳跃,发出细锐灵巧的鸣啼。

大家一同移至殿外,将张磊和红芳围在中心。

"请两位新人放生!"

张磊捧起鸟笼,红芳打开小门。

一只鸟先飞走了,另一只在拐角停留了片刻,也飞走了。两只鸟迅速消失于宽大的晴空里,弱弱的啾啾声仍旧隐约可辨。

## 21

素食馆起名为般若素食,位置不理想,在接近红螺市场的某条街上,是标准的城乡结合地带,原是一家川菜馆,一楼和二楼,面积150平方米,开了不足三个月就倒闭了,装修、家具和灶具都是半新的,用六万元直接盘过来了,房租每月八千,每三个月交一次。这样,红芳的十万存款一下子就花干净了。红芳主动提出花自己的钱,不让那几个居士掏腰包。令张磊再一次感叹,红芳是一个爽气的女人。

开业这天,前来捧场的各方人士很多,张磊在厨房里炒菜,红芳在外面应酬,让大家看到了男主内女主外的格局,而上百个菜品和每一样菜的味道,让大家更加相信,张磊是一个天才的能工巧匠,出家可喜,还俗更可喜。然而,只热闹了三天,场面就迅速冷清下来。前三天都是免费请朋友们来品尝的，只有支出没有收入。第四天，整整一天才来了15个人，最大的一笔生意是八个老居士自己带着咸菜来，要了八碗素面和三个馒头，消费了不足五十元。第五天第六天仍然没有明显改观。

红芳唉声叹气，分析原因：

首先，开素食馆就不是一个好主意，酒肉之徒毕竟占多数，素食主义者一年半载能碰到若干个，还远远没形成一个稳定的消费群体，因为信佛而吃素的人更是少而又少，看上去求香拜佛的人很多，其实没几个人真的信佛，很多人只会在求官求财求子求婚姻求平安的时候想起佛，平时则是想干什么就干什么，想吃什么就吃什么的。其次是"般若素食"这个名字太雅太素太清淡，中国人吃饭图的就是热闹，图的就是吃饱喝足搂肩搭背的感觉，而"般若素食"这几个字给人的印象像山洞、像禅房。再其次就是菜品的问题，北京其实有不少素食馆，可是，那些素食馆的主打菜通常都是仿荤菜的

## 和尚

素菜，比如素鸡素鸭素酱肉素肘子素火腿素牛肉素虾素蟹素食版的蚂蚁上树等等，而张磊认为这是断不可效仿的。还有一点也是相当重要的，素食其实是高消费，赚那些开始学习吃素的富人雅士们的钱，那些人对环境和服务有特别要求，看不上进咱这种普通的小馆子……

红芳的分析头头是道，不容辩驳，搞得张磊心里很烦，张磊这才意识到，自己忍受麻烦的能力仍旧有限，自己还是特怕麻烦，当麻烦接二连三压过来时，他的智力就变成零，耐心也变成零，终究还是留恋庙里的日子。

夫妻俩深夜回到家，发现家里好空好空，空得吓人，儿子不在了，被张磊的父母领回老家了，然而，这并不是主要的原因，真正的原因其实是，两个人已经成了空皮囊——饭馆红红火火开业了，生意却是冷冷清清，红芳的十万存款眼看打成水漂了，正如一只毛笔，蘸了最后一滴墨汁，只写了两个字就干了。

红芳脱了衣服去冲澡。

张磊站在窗口，看着流光溢彩的北京，发现自己真是够胆大的，两手空空，居然结婚了，居然打算在北京人模狗样地活下去！

在北京，十万元算什么？

这十万元还是一个女人的血汗钱！

怎么办啊？我该怎么办？

张磊头上又冒出一层细汗来，他从大街上收回目光，看到了佛龛里的麻脸观音，虽然神态自若，无遮无掩，却有一种难以知晓的隐秘内心，张磊双腿突然一软，便向麻脸观音跪下来，跪了良久才起来点灯、烧香。

接下来，张磊开始打坐。他能做的似乎只有"坐忘"，把一切烦心的事情忘掉，忘得一干二净。红芳冲完澡出来，看到张磊在打坐，便火冒三丈，回去端了半盆水，朝张磊头上浇去，哗啦一声，张磊已经罩在水帘里了。

## 和尚

张磊的身体抖了一下,仅此而已。

"张磊,你给我起来!"

张磊全身湿漉漉的,却一无反应。

"听见没有?快给我起来!"

张磊只好说话了:"我在打坐,没看见吗?"

"打坐顶屁用!"

"阿弥陀佛,我每天都要打坐的……"

"今天别打了。"

"不可以,不可以。"

"你一分钱没掏,当然不心疼!"

"我心疼,我心疼!"

"你心疼还有心思打坐?"

"咱们说好的,你要尊重我的生活习惯。"

"你一打坐我就心烦!"

"为什么?"

"都什么时候了,还打坐!"

"饭馆没生意,我也好发愁……"

"那你快点想办法啊!"

"我在想,我在想……"

红芳跑过去一把将张磊推倒。

张磊只好顺势躺倒,躺在满地的水里。

红芳坐在他旁边,大声哭起来。

张磊心里微微一横,打算不理她,让她好好哭去,但是,毕竟还是心软胜过心硬,禁不住撑着地坐起来,把她搂进怀里,给她擦眼泪,却把满手的水抹在她脸上了,她突然就打着他的手笑起来了,依在他怀里说:"老公,你在北京不是人脉很广吗,什么房产局局长、电视台台长、派出所所长、银行行长、歌星影星的,认识一大堆,请他们帮帮忙嘛。"他心里知道,自己是最不习惯求人的,尤其不习惯因为自己的事求人,因为出格的事求人更是不可能,这些话又是说不出口的,只好搪塞说:"他们每个人每月来吃上一次,顶不了大用的。"红芳说:"我听说,很多开饭馆的,都是靠定点消费挣钱的。"张磊出家

# 和尚

前开过饭馆,明白红芳的意思,却故意问:"什么是定点消费?"红芳问:"你真不懂还是假不懂?"张磊说:"我真不懂。"红芳就显出见多识广的样子,说:"打个比方吧,你和杜局长熟,你开了家饭馆,杜局长单位请人吃饭,不去别处,专门来你这儿,你的生意不就火了吗?如果有三个杜局长五个杜局长呢?还愁赚不了钱吗?"张磊说:"我和杜局长的关系没那么铁。"红芳说:"光铁不行,还要实惠,你赚了钱,要给人家提成的。"张磊不说话了,他深知这样的事自己是做不出来的,红芳推推他,说:"你明天去找找杜局长吧!"张磊还是不吱声,红芳提高嗓门喊:"听见没有?"张磊说:"好吧好吧。"

## 22

张磊想了半夜,终于想通了,明明白白地告诉自己:既然还俗了,就要从流入俗,要对自己狠一点儿,不能太由着自己的性子;既然结婚了,就要习惯柴米油盐的日子,就要彻彻底底地入世,做一个有用的人,而不是摇摇摆摆,半入不入,半出不出。而且,他也明明白白得出了一个结论:生活就是这样,生活一直是老样子,生活只能是不干不净的样子,庙里的生活不也是不干不净的吗?哪里是真正干净的呢?由此说来,平常心其实不平常,真正的平常心其实是一项大工程,是经过千锤百炼才有可能出现的。"可乘,去吧,去吧,勇敢地去吧,只要不偷不抢不违法不逆佛,不做太昧良心的事就行。"这是他自己的声音,在他心里他依然把自己叫"可乘"而非"张磊"。

## 和尚

次日早晨,张磊毫不迟疑地找到了杜局长,坐下后,杜局长主动问起饭馆生意,张磊叹着气说:"我来找您,就是因为生意不好。"杜局长说:"生意不好,找我没用呀,我接触的人都是酒肉之徒,你那儿清汤寡水的,谁愿意去!"一句话就令张磊哑口无言,再也说不出任何话来,杜局长给张磊沏好茶,说:"我有个主意,保证你生意红火。"张磊睁大眼睛急待杜局长说下去,杜局长喝口茶,略显神秘地说:"你不是小菩萨吗?干脆这样,凡是来店里一次性消费300元以上的,你给免费算命。"张磊立即脸红了,说:"不行不行,绝对不行。"杜局长问:"为什么不行?"张磊说:"第一,我压根不会算命;第二,君子爱财,取之有道,不能胡来。"杜局长说:"在我面前你还谦虚什么,我又不是不知道。"张磊说:"你看着的那几次,都不过是碰巧罢了。"杜局长说:"哪有那么多碰巧?怎么每次都碰巧叫你说准了?"张磊连连摆着手说:"无论如何,如果靠这个招揽生意,太不地道了。"杜局长看见张磊的嘴唇微微发紫,显然动了真气,心想这个人真是世上少有的仁义之士,但仁义之士人通常也没用,既然已经和一个带着孩子的妓女结婚了,发愿可谓不小,仅仅做到有仁有义,是远远不够的!杜局长说:"算命也是技术活,有什么不地道的?我认识一个人,比你差远了,靠算命买了房买了车,估计人家一年赚二百万没问题。"张磊说:"我不行,我做不到!"杜局长不客气地说:"你做不到你就应该回庙里去!"

有人进来通知杜局长开会。

杜局长抓紧时间说:"没有金刚钻,别揽瓷器活!"

看上去张磊已是万分汗颜了。

杜局长又说:"其实你不是没有金刚钻,你有!"

张磊一脸疑惑,不明白杜局长的意思。

和尚

杜局长说:"给顾客批批八字,看看风水,你能做到的。"

张磊说:"我能做到,但我不能做!"

杜局长说:"为什么不能做?"

张磊想了想,说:"能不做什么,胜过能做什么!"

杜局长问:"什么什么?我没听懂!"

张磊换了一个更书呆子气的说法:"我觉得,不能只看一个人能做什么,更要看他能不做什么,人和动物的区别就在这里。"

杜局长笑了,说:"走吧!"

张磊出了门,率先走了,没回头和杜局长打一声招呼,却不是故意使气,而是压根忘了,一味沉浸在"能不做什么"的宏论里。

回到饭馆,红芳得知情况后,认为杜局长不帮忙是因为还在生气,张磊问:"生什么气?"红芳问:"你是真糊涂还是装糊涂?"经红芳再三提醒,张磊才想起孩子的事来。是呀,杜局长的损失的确不小,孩子得而复失,三十万元却被迫做了功德,表面看来是自觉自愿,心里一定是火冒三丈,不会说忘就忘了的。

　　不过张磊隐瞒了杜局长出的那个主意——用算命来招揽生意的主意!张磊相信,红芳一听,百分之百要强迫他这么做的。

## 23

又等了两天,般若素食的生意还不见好转,不能硬撑下去了,张磊自己妥协了,让红芳和店员四处放风,来般若素食就餐,一次性消费超过300元的,店主张磊将免费给客人批八字看风水。八字和风水,张磊的确下过功夫,骨子里是颇有自信的,只是不愿以江湖面目示人而已。但生活向来是最强硬的,出家时尚可以隔岸观火,还俗了则实在难脱干系,该豁出去时就得豁出去。前两天还有些赶鸭子上架的味道,几天后就变得稀松平常了。而且迅速就博得一个外号:张大师。张大师的事迹被一批批的顾客再三传诵,越说越玄、越说越神,很多话传进张磊本人耳朵里,令他自己都大吃一惊。他清晰地看到,一个令他本人都感到陌生极了的"张大师"就这样产生了。好一个"众口铄金"啦,民众的力量真是不可低估,他们的唾沫星子可以淹死一个人,也可以给一个人建起一座无形的丰碑。相似的情形,俯拾即是。所以,释迦牟尼说法四十九年,离世之际却说,没有说过一个字,甚至说:"若人言如来有所说法,即是谤佛。"还说:"说法者无法可说。"张磊终于悟出,这些话后面暗藏着怎样的苦口婆心啊!佛学的真谛原来不在任何文字里,在释迦牟尼既不能说又不能不说的矛盾态度里。这种"矛盾"及其表述,是世界上最伟大的矛盾,也是世界上最绝妙的表述。张磊相信,假如继续待在庙里,可能不会有这些体会。

## 24

　　半年后,到般若素食吃一顿饭,已经需要提前两天预订了,般若素食的"小菩萨馒头"更是大受市民喜爱,每天早晨店门口都排着上百米的长队,多数是结束晨练的退休老人,他们不用急着上班,个个穿着宽松的练功服,背着长剑,欢天喜地地站在蛇形的队伍里,几乎成了通州一景。某一天,张磊觉得自己可以离开一段时间了。早在出家之前,他就想过出去流浪——要么出家,要么流浪,十八九岁的张磊,心里只有这么两个不着边际的想法,后来出家了,流浪的念头就只好搁置下来。

　　如今,它再一次出现了。

　　张磊告诉红芳:"我好累,想出处走走。"

　　红芳竟爽快地同意了。

　　红芳办好银行卡,存进去三万元,告诉张磊:

## 和尚

"花完来电话,我随时打,没多存的原因就一个,希望你和家里保持联系。"

张磊说:"好的好的。"

张磊给麻脸观音上了香磕了头,就上路了,去黑龙江,去新疆,去西藏,去缅甸,去泥泊尔,最后到了佛陀的故乡印度,找到了著名的"祇树给孤独园"。据记载,佛陀曾在这儿生活过二十五年,处处有佛陀的足迹。

昔日的舍卫国,如今只是一个安静的村庄,居民不多,游客则不少,主要是中、日、韩等国的佛教徒,以成群结队的旅游团居多。正午时分,张磊在一座寺院的客房里住下后就立即出来,准备步行前往"祇树给孤独园"。

窄窄的土路上,有匆匆的行人迎面而来,张磊注意观察他们的表情,似乎每一张脸上都有可能写着和佛陀有关的什么信息,路两边的农田里有几个光着膀子的农夫在埋头干活,交叉路口的一棵大菩提树下，几个老人悠闲自得地乘着凉，那种坦然天真的孩童气，的确是别处看不到的，一些孩子背着书包要去上学，有两个孩子站在路边出售莲花，身边有冒着热气的牛粪，有上下飞舞的苍蝇……令张磊印象深刻的是，此地极少有乞讨者，那两个卖莲花的孩子见了外来的游客，仍然是静悄悄的……

一刻钟之后，就到了"祇树给孤独园"，买了门票进去后，第一个感觉就是开阔和清净，顺着人流，走到当年佛陀讲经的地方，如今只剩下基座和一些石头，在高耸的树木映衬下，这些旧迹更像是另一种形式的建筑了！

有七八个中国游客，正围坐在干净的石头上齐诵《金刚经》，张磊心里一热，便悄悄凑过去，不由自主地跟着背诵起来：

佛告须菩提："于意云何？如来昔在然灯佛所，于法有所得不？"

"不也,世尊。如来在然灯佛所,于法实无所得。"

"须菩提,于意云何?菩萨庄严佛土不?"

"不也,世尊。何以故?庄严佛土者则非庄严,是名庄严。"

"是故,须菩提,诸菩萨摩诃萨应如是生清净心,不应住色生心,不应住声、香、味、触、法生心,应该无所住而生其心。须菩提,譬如有人身如须弥山王。于意云何?是身为大不?"

须菩提言:"甚大,世尊。何以故?佛说非身是名大身。"

……

诵罢《金刚经》,张磊不再感叹当年的"庄严"圣殿,如今却成了废墟,因为,"庄严佛土者则非庄严,是名庄严"。张磊也更加相信,和第五大道、和东京银座、和王府井相比,这个世界上有另外一种建筑,它是残缺的,它是简陋的,它更是无形的!到底是谁让谁汗颜?这个问题,恐怕需要全人类重新思考……

## 25

结束了一年时间的流浪,张磊回到北京,回到通州,先不回家,而是直接去了饭馆,远在五十米开外就看见"般若素食"四个字已经不是原来的样子了,完全变成了炫目招摇的味道,除此之外,不知还有什么地方不对劲,又往前走了几步,才发现"素"字变成了"美"字,"般若素食"变成了"般若美食"!

张磊不得不停下来,躲在一棵大树后面,气喘嘘嘘,因为,他已经看明白了,一字之差带来的不是微小的变化,而是巨大的变化。几米之外,一辆皮卡车窄小的车厢里站着一头毛色脏乱的灰驴,瘦削的屁股冲着大街,脖子弯曲,凝神看着饭馆方向。顺着它的目光看过去,几米之外的大案板上,一定是它的同伴了——另一头驴,已经被剥光了皮，正四蹄朝天地躺在那儿，驴头还没顾上处理，被单独搁在大案板的一角，目光如炬，和活着的这头驴遥相对视。两个张磊不认识的男人，穿着白大褂，站在大案板前，正大刀阔斧地砍着骨头，割着肉，把分好的骨头和肉拨进一个大铁桶里……

张磊穿过马路，到了街对面，绕行数十米，到了饭馆的另一边，看见那边烟雾弥漫，很多人挤作一团在围观什么，不久就看清：一个长方形的大烤箱悬在空中，底下是冒着火苗的火炉，有人正把嘎嘎乱叫的活鸭子直接塞进烤箱……看热闹的人，有的露出满脸的痛苦表情匆匆离开了，有些则恋恋不舍，留下来准备尝尝鸭子的味道，几步之外的棚子底下，有几张大圆桌，食客们欢天喜地，吃相放纵。

张磊默默转过身，走向别处。

他要去道场，找老大姐和王居士。

他相信那里是他的家。

他觉得自己眼下是一个需要回家的孩子。

## 和尚

在道场的楼底下,他习惯地抬头,却没看见那个大"禅"字,窗内拉着淡绿色的窗帘,而原来是白色窗帘,他上楼,手里捏着钥匙,他上楼的速度很慢,因为他有不祥的预感。果然,原来的木门变成了坚固的防盗门,他手里的钥匙自然没用了,他犹豫了一下,敲门,用力敲,出来一个人,完全不认识,"您找谁?"对方问,张磊答:"我找……老大姐。"对方不耐烦,反问:"谁?谁是老大姐?"

张磊下楼,去找王居士。

王居士正在自己的斗室里做掐丝唐卡,一幅唐卡上的佛祖正从画面后面乘云而出,让张磊的头脑立即冷静了许多,王居士问:"你去道场了?"张磊点头,王居士说:"老大姐病逝了,道场被他儿子收回去,出租了。"

张磊静静地流着眼泪。

王居士说:"般若素食也没了,那个红兵,发明了一种烤鸭,把活鸭子直接关进烤箱里,烤箱里有酒、有醋、有酱油、有盐水、有花椒水,底下是炉子,慢慢烤慢慢烤,里面的鸭子口渴了,就要喝酒、喝醋、喝盐水……"

张磊突然感到头昏眼花。

他不想再听下去了。

他抬头说:"快别说了!"

坐在王居士床上哭了几分钟后,张磊突然站起来,决意给案板上那头毛驴和那些活生生被关进烤箱里的鸭子念《往生咒》,念够一千遍!张磊坐在佛龛前,盘腿、闭眼、合掌,小声念了起来,循环往复,连绵不绝:

*南无阿弥多婆夜*

*哆他伽哆夜*

*哆地夜他*

*阿弥利都婆毗*

*阿弥利哆*

和尚

悉眈婆毗

阿弥利哆

毗迦兰谛

阿弥利哆

毗迦兰哆

伽弥腻

伽伽那

枳多迦利

娑婆诃

三个小时后,念完千遍《往生咒》,张磊仍觉得心有戚戚焉,还想做一点事情,这时他看见了一把刃子呈月牙形的斧头——王居士做掐丝唐卡常用的众多工具之一,此刻它正沉溺于自己的冰凉和俏美中,令张磊的心扑通扑通直跳,张磊弯下腰提起它,又看见眼皮底下刚好立着一个半米高的木墩子,于是蹲下身,将左手的食指搭在木墩子边上,右手中的斧头已经抡出一道半圆的弧线,奋力砍下来了。

一眨眼,他左手的食指就没了。它迅速弹向高处,被房顶撞回来,跌在床边,一边流血一边微微喘息。他放下斧头,向它走过去,弯腰把它捡起来,像捉住一只虫子!他异想天开地想让它飞起来,他举着它走向窗户……

"和尚!"王居士大喊。

王居士看见血,又看见他手上滴血的东西。

"和尚啊!"王居士又喊。

当王居士从背后扑上去时,那枚血淋淋的食指已经像一枚红色子弹飞出去了,先是飞向蓝天的深处,再快速扑向地球引力。

他冷漠地回过头来。

他看见王居士已经转身向楼外跑去了,王居士的身影变成了一只鸟,王居士在门外大声喊:"等等,等等!"显然,合住的电梯门又荡开了,王居士钻进去,电梯下行的声音很清晰,王居士冲出电

和尚

梯,满地寻找那枚手指……

张磊坐下来凝视自己的断指,一点儿都不觉得疼,细细的血珠子持续从断指四周涌出来,冒着含热气的泡沫,纷纷摔在地上。

张磊想起了医院。

张磊找了块布子,把断指裹住,再用右手捏紧,主动下楼去找王居士。电梯里的两个女子看到他手上的血,吓得大喊大叫。

他轻声说:"对不起。"

楼下,王居士还在草坪里埋头寻找。

张磊说:"快送我去医院。"

王居士用哭腔说:"我还没找见!"

张磊说:"快,别找了!"

张磊看见一辆的士,用奇特的身姿示意对方停车。

的士有些不情愿地停在张磊身边。

王居士跑过来,跟进车内。

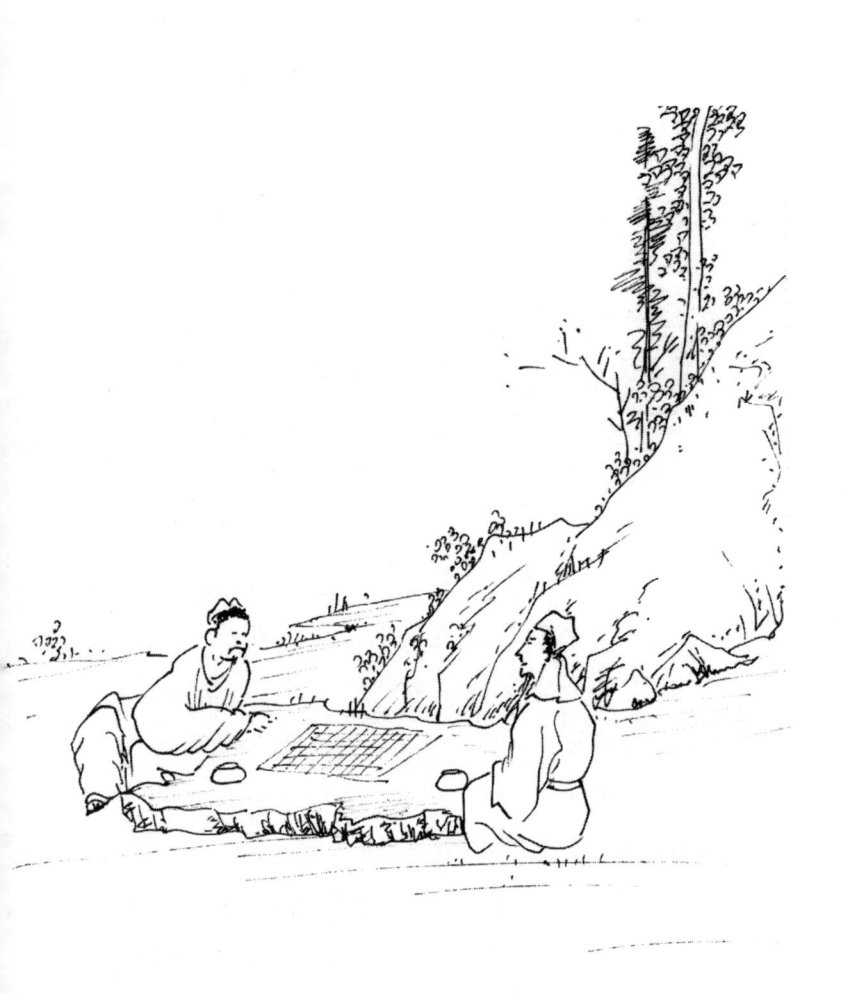

## 26

那枚断指终究未能找见,王居士后来回去,请了几个人帮忙,还是没找见。医院只好给张磊做了缝合手术。王居士偷偷把张磊的情况告诉了红芳,第三天傍晚,红芳带着已经会说话的儿子出现了。红芳眼圈发红,一进门就跪在张磊面前,说:"对不起!"红芳还教儿子叫爸爸,小家伙站在病床前,怯生生地喊:"爸爸,爸爸……"这两个字令张磊十分感动,就好像这孩子真是他失散多年的骨肉,他终于没有忍住,放声哭了。红芳也跟着哭,儿子也吓哭了,一家三口就抱在一起,大哭起来。

事实证明,红芳的心,有时豪爽,有时也柔细,次日傍晚来给张磊送饭的时候,她竟带来了那尊麻脸观音,她说:"你们好久没见过面了。"张磊大感意外,捧住观音,陡然觉得麻脸观音比原来稍稍重了一些，不过，只看了两眼，就急忙用黄色软布重新包起来，是因为，他不愿意听见同病房的病友瞎胡议论。

当日午夜，月光如水，同病房的病友一个个都睡了，鼾声四起，张磊才小心地把麻脸观音取出来，放在自己的白色枕头上。

张磊下了床，跪在地上。

静静地跪了很久，张磊缓缓抬起头，发现麻脸观音此时的眼神略略有别于以往，流露出更多的悲，慈悲，慈后面是更多的悲……

张磊记得，在梵语里，慈的意思是慈爱，愿给一切众生以慈爱和安乐；悲的意思是同情，同情众生的悲苦，拔一切众生于悲苦。张磊禁不住自言自语："看样子，众生的悲苦实在没那么易于拔除的！"这话里也有同情，却是反过去了，正如一位悲苦中的儿子对慈母的同情，"众生的悲苦，实在没那么易于拔除的……"

张磊仍旧跪着，迎视着麻脸观音大慈大悲的目光，心里水一样又流出一些话："也许，真的像佛陀所说，实无有众生如来度者。"接着又有一些话："也许，佛从来没有拯救过任何一个众生，佛的力量正在于无力……"

## 27

张磊即将出院时,红芳接到老家的电话,奶奶病危,红芳和奶奶关系好,不能不回去,张磊也决定一同回去给奶奶送终。

夫妻二人立即上了路。

火车在摇晃,有一半座位是空的,张磊和红芳一左一右坐在窗边,张磊问:"饭馆的生意不错吧?"红芳笑着说:"你终于问这个问题了。"张磊说:"我不问你就不说呀!"红芳说:"我不敢说。"张磊着意地看看红芳,红芳又说:"每天的流水少不了两万,明年咱们就可以在北京买房子了。"张磊没搭腔,红芳问:"你不高兴?"张磊说:"我有个想法。"红芳说:"总不是把饭馆关了吧?"张磊说:"第一,能不能不做那种烤鸭了?第二,饭馆的事,以后我就不插手了,我想找地方办一个道场。"红芳说:"烤鸭……我试试看,如果不影响生意,就可以拿掉。办道场的事,我支持你。"

当二人赶回家时,奶奶还剩半口气,躺在堂屋的炕上一动不动。"奶奶你看谁回来了?"有人在奶奶耳边喊,并成心使坏,故意迷惑奶奶,拽住红芳,把张磊先推过去,张磊在炕头蹲下来,用双手握住奶奶的手,张磊觉得奶奶的手比印象中大了许多,手指冰凉,遍布手上的褐色斑点像浮萍一样,似乎在随风摇曳,但是,突然,奶奶的掌心里传来深刻的喜悦,奶奶反客为主,试图弄明白这是谁的手,张磊以合作的态度屏息静候,奶奶出奇大的手一点点地摸着,摸得很细,摸着他左手的断指后,停顿下来,喘了口气,用微弱极了的声音说:"可乘回来了!"大家又是鼓掌又是怪笑。

"奶奶,我把麻脸观音带回来了。"张磊说。

红芳急忙捧来了麻脸观音。

和尚

　　奶奶的眼睛显然完全看不见了,张磊把麻脸观音放在奶奶手上,奶奶的双手颤巍巍地捧住了观音,一瞬间,人们看见奶奶的表情变得安详如玉,像云影遮住八月的村庄;接着,又看见奶奶的双手一点一点松弛下来……

　　　　　　　　　　　　2011-5-16

# 附录

## 《和尚》创作谈三则

### 之一

1. 朋友小向对我讲，一个东北籍的发廊女，来一座庙里问一个山东籍的和尚，自己怀孕了，如果做掉，算不算杀生？和尚说当然算，后来发廊女抱着孩子来庙里，要求和尚装成自己的丈夫一同回老家过年，和尚竟真的跟着去了……后来呢？后来怎么样了？没人知道！"没人知道"的部分正是我感兴趣的，被我写成眼下的样子。2．为了叙述的方便，两个人物和我一样，都成了甘肃天水人。3．男主人公来自城市，而非乡村，是为了躲开"底层写作"的习惯范式，同时强调，此人削发为僧，是他的内心冲动（或文化冲动），和贫困、失恋、上当受骗等等没关系。4．此次写作，我有个体会，一个故事是一次偶然拾得的缘分，作者借它向生活的陌生地带负荆潜行，左支右绌，很无奈、很惊险、很刺激，最终其实写出了两部作品，一部拿出去发表了，一部永远留在了作者心里——后者才是最接近理想的，因而成为永久的遗憾。5．此次写作，我也明白了一个区别，情感和情绪化的区别，情感不是情绪化，情绪化也不是情感，两者区别很大，多数时候，我们不小心总会用情绪化代替情感，因为情绪化更有迷惑性，更容易博得喝彩。6．写着写着，我发现我的任务之一是考察"戒"这个字和人类的关系，"戒"这个字原来不仅和出家人有关，更和人人有关，持戒破戒之间，横亘着正是所谓的"人类困境"，而我们的写作，似乎只能"到此为止"。7．这个故事是关于"和尚和妓女"的，但是，明眼人一定可以看出，我的笔调是郑

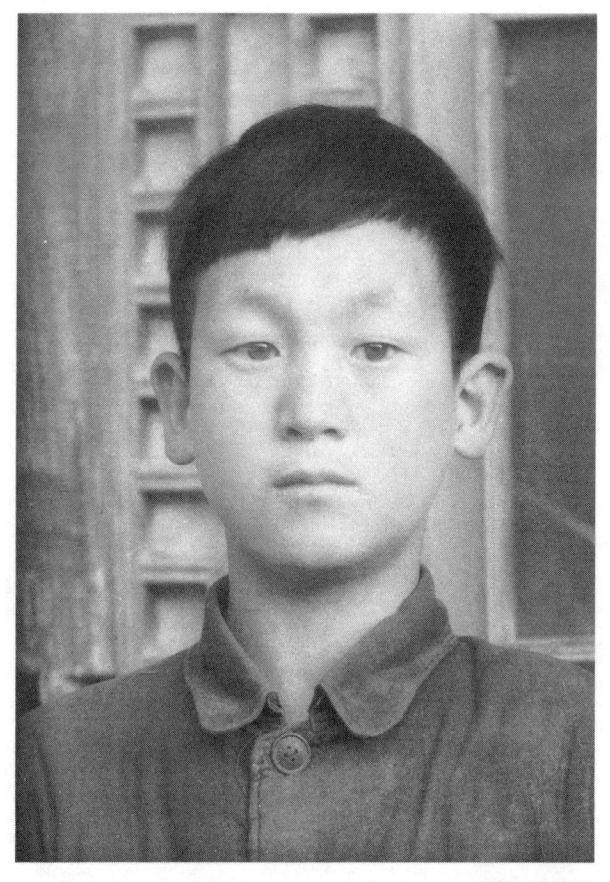

读小学的我

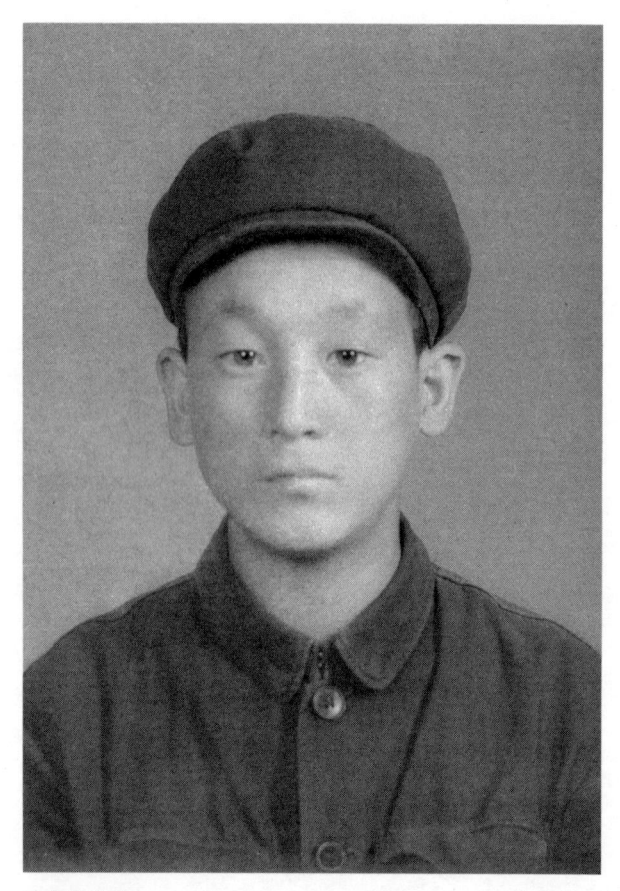

读中学的我

重的,我没有调侃、没有嘲弄,我的赞许和怀疑都不失赤子之心。8. 等待、选择、诚实,这些概念也许更能说明写作的本质,而不是才华、想象力什么的。9. 除了两位主人公,故事中的几个居士,如老大姐、王居士等,均是实有其人,向他们致敬,老大姐已经往生,愿她安息。10. 我妻子沁兰,我朋友李一意,我学生李颢,我女儿伞伞,都给这篇小说提过一些很重要的建议,感谢他们。

穿藏服的我

## 之二

我给学生讲话剧,讲到英国著名的女剧作家萨拉·凯恩,只活了28岁,死于自杀。短短一生写过五出戏一部电影,最著名的是《4:48精神崩溃》。我突然强烈地意识到,萨拉·凯恩的自杀,包括任何一个人的自杀,都不是个人事件。它真正的意义不在它自身,而在它的远端,在那些健康活着的人

抽烟的我

身上。

讲课的当晚，我记下如下日记：萨拉·凯恩生于1971，自杀于1999，我出生于1963，至今活着。我应该庆幸，还是羞愧？

那个阶段我正在写中篇小说《和尚》，写得很慢、很难，一天只能写一二百字，写了一两个月，还没写够一万字。我不太熟悉和尚的生活，我原以为这是全部根源。关于萨拉·凯恩的上述日记，突然激活了我的思路。我顺着往下想，一个人削发为僧，也绝不是"个人事件"，一个人因为任何个人原因出家了，都和他正欲脱离的群体，有着千丝万缕的联系。正如自杀者的脆弱，反衬出的可能是无数健在者的麻木。一个人甘愿抛家舍业，去做一个和尚或尼姑，反衬出的东西应该更为深微。

"出家人其实是战士，软弱的战士，静的战士，空的战士，自取失败的战士。出家就是用失败让那些自以为是为数众多的胜利者略略感到不安。"当小说里突然冒出这么一句话之后，我预感，我可以写得顺一些了。

考上大学的我

《和尚》发表了,有不少人表示喜欢,我终究不敢得意,夜深人静之时想起萨拉·凯恩,想起和尚,我还是有些羞愧。

现在的我（左2）

举办书法个展的我（右2）

## 之三

《和尚》里面的和尚，很容易写成三种可能：一是，写一个无可挑剔的好和尚，他身上有这个时代所缺乏的种种品质，可资借鉴；二是，写成习见的花和尚，喝酒、吃肉、玩女人，最后说一句"酒肉穿肠过，佛祖心中留"了事；三是妖魔化，写一个神通广大、满口玄虚的和尚，言行举止越古怪越好。

当然，我不打算写成上述任何一种样子。换句话说，我既不想图轻松，随便从佛教典籍里找几样普世价值放在盘子里端给大家，也不想油腔滑调，取笑一切。我注意到一个很有意思的情况，西方文学，有肯定宗教的，也有怀疑宗教的，一般都持着郑重的态度。中国文学则相反，从《西游记》到《红楼梦》，再到当今的太多太多的作品，只要一涉及佛，或道或儒，笔调总会不约而同地染上轻佻……

除去种种不愿做的,我似乎无路可走。但是,我相信,写作的一个功能就是"寻找"。开始写作不是因为已经找到了什么,而是因为我们对于写什么怎么写全无把握。而且失败的可能更大,约占百分之七十。于是,没有见过几个和尚的我,斗胆跟着作品里的人物和尚(可乘、张磊),里里外外地"寻找"了一番。

伟大的托尔斯泰,一生寻找上帝,一生都不安宁,八十多岁,死在外面,最后一刻,仍在迷迷糊糊地喊:"逃啊,逃啊!"

我发现,我的人物,一个普通的和尚也是如此。他在逃,出是逃,入是逃,不是逃回家里,就是逃向庙里,总之,都是逃。

逃,也许是人类的宿命。